Cathy Williams
Deseo en el Caribe

Editado por HARLEQUIN IBÉRICA, S.A.
Núñez de Balboa, 56
28001 Madrid

© 2014 Cathy Williams
© 2014 Harlequin Ibérica, S.A.
Deseo en el Caribe, n.º 2348 - 19.11.14
Título original: The Argentinian's Demand
Publicada originalmente por Mills & Boon®, Ltd., Londres.

I.S.B.N.: 978-84-687-4748-4
Depósito legal: M-24145-2014
Editor responsable: Luis Pugni
Impresión en CPI (Barcelona)
Fecha impresion para Argentina: 18.5.15
Distribuidor exclusivo para España: LOGISTA
Distribuidor para México: CODIPLYRSA
Distribuidores para Argentina: interior, BERTRAN, S.A.C. Vélez
Sársfield, 1950. Cap. Fed./ Buenos Aires y Gran Buenos Aires,
VACCARO SÁNCHEZ y Cía, S.A.

Capítulo 1

EMILY Edison miró fijamente al frente mientras el ascensor subía hasta el vigésimo piso e iba dejando a otros empleados por el camino. Era hora punta en Piccadilly Circus y en el edificio de cristal en el que trabajaba, situado en el corazón de Londres. Ella no solía llegar a esa hora, no solía llegar nunca después de las ocho, pero esa mañana...

Agarró con sus dedos delgados el bolso de piel. En él llevaba una carta de dimisión, pero tenía la sensación de llevar una bomba que explotaría en cuanto la sacase de su frágil envoltorio. Sintió náuseas al intentar imaginar cómo iba a reaccionar su jefe.

Leandro Pérez no iba a ponerse nada contento. Cuando ella había empezado a trabajar para él, año y medio antes, ya habían pasado por allí muchas secretarias, y ninguna había durado más de quince días seguidos.

Emily había aceptado el trabajo y se había sentido como pez en el agua. En teoría, con veintisiete años, todavía era lo suficientemente joven para dejarse impresionar por un hombre que hacía que todas las mujeres girasen la cabeza al verlo pasar, pero con ella no había sido así.

A Emily no le impresionaba su belleza. Su sensual acento argentino no la volvía loca. Cuando se acercaba y se ponía detrás de ella para mirar la pantalla del ordenador, su sistema nervioso seguía funcionando con normalidad.

Pero en esos momentos, después de quedarse sola en el ascensor, empezó a ponerse nerviosa. Aunque, en realidad, ¿qué iba a hacerle su jefe? ¿Condenarla al exilio? ¿Tirarla por la ventana? ¿Amenazarla con encerrarla en alguna parte y arrojar la llave?

No. Lo máximo que podría hacer sería enfadarse mucho. Estaba segura de que se iba a enfadar, sobre todo, porque quince días antes había alabado su trabajo y le había subido el sueldo, gesto que ella había agradecido mucho.

Emily respiró hondo mientras las puertas del ascensor se abrían y ella salía a la lujosa planta en la que estaban los despachos de los directores de la empresa de electrónica de su jefe.

Era solo una de sus múltiples empresas. Poseía desde editoriales a empresas de telecomunicaciones y recientemente había comenzado con un programa de inversión en hoteles de lujo. Era un hombre inmensamente rico.

Emily miró a su alrededor y pensó que iba a echar de menos aquello. Varias secretarias la saludaron y se dijo que echaría de menos comer con ellas, y también estar en un edificio que, en sí mismo, era una atracción turística. Echaría de menos la adrenalina del trabajo y todas sus responsabilidades, que habían ido aumentando desde que había llegado.

¿También echaría de menos a Leandro?

Se detuvo unos instantes y frunció el ceño, con la mirada clavada en el pasillo enmoquetado que llevaba a su despacho.

El corazón se le aceleró. Tal vez nunca se le hubiese caído la baba por él, como les ocurría a otras, pero no era del todo inmune a sus encantos. Habría tenido que estar ciega para no darse cuenta de lo atractivo que era. Aunque representase todo lo que ella despreciaba, lo cierto era que Leandro era un hombre impresionante.

Y, sí, se confesó a sí misma que echaría de menos trabajar con él. Era un jefe exigente, pero también el más brillante y dinámico que había tenido.

Antes de dejarse llevar por aquellos derroteros, volvió a centrarse, apretó los labios y se alisó la falda con manos temblorosas. Como de costumbre, iba vestida de manera muy profesional, con una falda lápiz gris, medias color carne, zapatos negros, blusa blanca y chaqueta gris a juego con la falda. Todo ello a pesar de que era junio y cada día hacía más calor. Además, llevaba el pelo rubio recogido en un moño.

Avanzó con paso firme hacia el despacho de Leandro, deteniéndose antes de llegar a dejar el bolso y el maletín encima de su escritorio, que estaba en el despacho que había justo delante del de su jefe. Luego llamó a la puerta.

Leandro levantó la vista de la pantalla del ordenador y se apartó del escritorio. Aquello sí que era novedad. Su secretaria llegaba tarde y él estaba desconcertado porque había desperdiciado demasiado tiempo preguntándose el motivo. Aunque, en realidad, todavía faltaban diez minutos para las nueve y su jornada de trabajo empezaba a esa hora.

—Llegas tarde —fue lo primero que le dijo en cuanto entró en su despacho.

Después la recorrió de arriba abajo con la mirada. Siempre iba impecable, nunca se alteraba y lo miraba sin ningún interés. De hecho, en ocasiones, Leandro tenía la sensación de que ni siquiera le caía bien.

Gustaba a las mujeres y lo admitía sin rastro alguno de vanidad. Suponía que se debía a su aspecto y a su cuenta bancaria, una mezcla casi irresistible para el sexo contrario.

—En teoría, se supone que no entro a trabajar hasta dentro de ocho minutos —le respondió ella con toda tranquilidad.

Miró a su jefe y lo vio de manera distinta, sabiendo que pronto dejaría de trabajar para él. Le daría la carta de dimisión antes de marcharse a casa esa tarde, para evitar tenerlo enfadado durante todo el día.

Pensó que era muy guapo. Llevaba el pelo moreno apartado del rostro perfecto. Y tenía unas pestañas que cualquier mujer habría envidiado. Su mirada era oscura y profunda y, en alguna ocasión, lo había sorprendido mirándola con una mezcla de curiosidad y de apreciación masculina.

Era muy alto y, a pesar de que iba vestido con traje, no hacía falta mucha imaginación para saber que debajo se escondía un cuerpo atlético.

Sí, lo tenía todo y volvía locas a las mujeres. Emily lo sabía porque tenía pleno acceso a su vida privada. Escogía los regalos para las mujeres con las que salía, cinco en el último año y medio. Filtraba las llamadas de teléfono y, en una memorable ocasión, hasta había tenido que encargarse de una de ellas que se había presentado en la empresa.

Leandro salía siempre con mujeres muy sensuales, bellezas morenas y curvilíneas, con los pechos generosos y miradas seductoras. El tipo de mujeres que siempre llamaba la atención de los hombres mucho más que cualquier modelo delgada.

El hecho de estar implicada en su vida personal era algo que no iba a echar de menos y eso le recordó el motivo por el que, a pesar de su físico y de su inteligencia, no le gustaba aquel hombre.

Leandro frunció el ceño, pero decidió dejarlo pasar a pesar de no haberle gustado la respuesta de Emily.

–¿Y debo esperar que esto se convierta en un hábito? –preguntó, arqueando las cejas, echándose hacia atrás en su sillón y apoyando ambas manos en su nuca–. Si es así, te agradecería que me avisases de antemano. Aunque... teniendo en cuenta lo que cobras, no pienses que voy a tolerar que mires tanto el reloj.

–No voy a mirar el reloj. Nunca lo he hecho. ¿Quieres que te traiga más café? Y, si me dices qué hay que hacer acerca del procedimiento del acuerdo Reynolds, me pondré con ello inmediatamente...

No obstante, Emily se pasó el día mirando el reloj, cosa que no había hecho nunca en el pasado, y según fueron pasando los minutos, se fue poniendo más nerviosa.

¿Estaba haciendo lo correcto? Era un paso importante. Iba a renunciar a un sueldo muy generoso, pero ¿acaso tenía elección?

Poco antes de las cinco y media, consideró sus opciones. Porque las tenía. ¿Quién no? Pero todas menos una la llevaban al mismo callejón sin salida.

Recogió su escritorio con la sensación de que iba a ser la última vez que estuviese allí. Leandro le pediría que se marchase inmediatamente. Tal vez le pediría que firmase alguna declaración de confidencialidad.

Lo vio levantar la vista cuando entró en su despacho y supo que se había dado cuenta de que estaba lista para marcharse.

–Son las cinco y veinticinco... –anunció Emily sin rastro de sarcasmo en la voz– y me temo que... tengo cosas que hacer esta tarde...

Solía trabajar hasta después de las seis, en ocasiones, hasta mucho más tarde.

–He terminado los correos electrónicos que hay

que enviar a los abogados de Hong Kong y te los he mandado para que los revises –le contó antes de meter la mano en el bolso y sacar la carta de dimisión–. Y hay otra cosa...

Leandro se dio cuenta de que le había temblado la voz y se puso tenso. La miró fijamente y señaló la silla que había al otro lado de su escritorio.

–Siéntate.

–No, gracias. Como he dicho, tengo un poco de prisa...

–¿Qué ocurre? –le preguntó.

Llevaba año y medio trabajando estrechamente con aquella mujer, pasando con ella mucho más tiempo del que había pasado con cualquiera de sus amantes, así que estaba seguro de que ocurría algo.

Leandro estaba intrigado, pero lo que más lo sorprendió fue darse cuenta de que Emily llevaba mucho tiempo intrigándolo. Le intrigaba que fuese tan distante, que tuviese un deseo casi patológico de privacidad. Le intrigaba porque era prácticamente la única mujer que no había reaccionado ante su presencia.

Hacía su trabajo con la mayor eficiencia e, incluso cuando se habían quedado a trabajar hasta tarde y habían pedido comida para cenar allí mismo, Emily se había negado de manera educada a hablar de nada que fuese personal y había preferido mantener con él una relación estrictamente profesional.

–¿Qué quieres decir?

–Quiero decir, Emily, que llevas todo el día actuando de manera extraña...

—¿De verdad? He hecho todo lo que me has pedido.

Emily se sentó porque Leandro seguía mirándola y se sentía incómoda de pie. Había planeado darle la carta y marcharse incluso antes de que la abriese, pero, al parecer, no iba a ser posible.

En esos momentos, en los que sabía que no volvería a verlo nunca, fue consciente de su potente masculinidad. Era casi como si se hubiese dado permiso a sí misma a mirarlo de verdad.

Notó que se le erizaba el pelo de la nuca. Los ojos de Leandro eran tan oscuros e intensos...

Ella bajó la vista rápidamente, enfadada consigo misma, preguntándose de dónde había salido aquel repentino interés. Sacó el sobre de su bolso y se humedeció los labios.

—No eres una foca amaestrada, tu trabajo consiste en mucho más que en hacer lo que te pido —comentó Leandro sin dejar de mirarla—. Es cierto que no eres precisamente un libro abierto, pero es evidente que hoy te pasa algo y quiero saber qué es. No se puede trabajar si el ambiente no es bueno en el trabajo.

Leandro tomó un caro bolígrafo que le había regalado su madre y lo hizo girar entre los dedos, que Emily observó fascinada.

—Tal vez esto pueda explicar mi comportamiento, aunque yo pienso que he realizado mi trabajo con tanta eficiencia como cualquier otro día.

¿Una foca amaestrada? ¿La vería así su jefe?

¿Como alguien que llegaba, hacía lo que tenía que hacer, pero carecía de personalidad? ¿Aburrida? ¿Un autómata? Había mantenido las distancias y no había compartido sus opiniones con nadie, pero ¿desde cuándo era eso un crimen? Apretó los labios y se tragó las ganas de decirle lo que pensaba de él.

Leandro miró el sobre blanco que tenía en la mano y después volvió a mirarla a ella.

–¿Y esto...?

–Léelo. Ya hablaremos de ello mañana.

Hizo ademán de levantarse y él le dijo que se sentase.

–Si vamos a tener que hablar de ello, prefiero que lo hagamos ahora mismo.

Tomó el sobre, lo abrió y leyó la carta varias veces.

Emily intentó poner gesto distante y educado, pero tenía el corazón acelerado.

–¿Qué demonios es esto?

Leandro tiró la carta encima de la mesa, hacia donde estaba ella, que la agarró para que no se cayese al suelo y la dejó en su regazo. Era una breve carta de dimisión en la que decía que le había gustado mucho trabajar con él, pero que había llegado el momento de tomar otro camino. No podría haber sido más seca y fría.

–Ya sabes lo que es. Una carta de dimisión.

–Así que te ha gustado mucho trabajar conmigo, pero ahora quieres hacer otra cosa, ¿no?

–Eso es.

–No me lo creo.

Leandro estaba muy sorprendido. No lo había visto venir y estaba furioso. Normalmente era él quien decidía cuándo uno de sus empleados debía marcharse.

–Si recuerdo bien, te subí sustancialmente el sueldo hace poco tiempo y tú me dijiste que estabas muy satisfecha con las condiciones que tenías aquí.

–Sí. Entonces... todavía no había tomado la decisión de dimitir.

–¿Y la has tomado en menos de un mes? ¿Has tenido una repentina revelación? Tengo curiosidad. ¿O es que llevabas un tiempo buscando otro trabajo y lo has encontrado?

A Leandro no le apetecía tener que volver a trabajar con otra sarta de cabezas de chorlito. Emily Edison había sido la secretaria perfecta. Inteligente, imperturbable, siempre dispuesta a ir más allá de sus responsabilidades. Se había acostumbrado a ella. Y la idea de tener que trabajar sin ella le resultaba inconcebible.

¿Se habría aprovechado demasiado de ella, de su eficiencia y de su deseo de esforzarse lo máximo posible? Leandro se negó a barajar aquella opción. Le estaba pagando por ello y estaba seguro de que no encontraría otro trabajo de secretaria en el centro de Londres donde le pagasen tanto como allí.

–¿Entonces? –le preguntó–. ¿Te han hecho una oferta que no has podido rechazar? Porque, si es eso, la doblaré.

–¿Harías eso?

Emily se quedó boquiabierta. Era evidente que su jefe la valoraba y le gustó oírlo.

–Trabajamos bien juntos –le dijo Leandro–. Y yo sé que no es precisamente fácil trabajar conmigo...

Esperó a que ella lo contradijese, y se sintió desconcertado al ver que no lo hacía.

–¿Es eso? –añadió entonces, frunciendo el ceño–. ¿Estás molesta conmigo...?

No pudo evitar hacerle la pregunta con incredulidad y Emily se dijo que era evidente que Leandro Pérez pensaba que era imposible que una mujer no estuviese completamente feliz en su presencia.

–No, no estoy molesta contigo –le respondió.

Estaba nerviosa porque sabía que era el momento de decir lo que pensaba. Al día siguiente por la tarde habría recogido su escritorio y se marcharía de allí para siempre.

Leandro inclinó la cabeza y la miró fijamente. Emily tenía el rostro sonrojado. ¿Se estaba ruborizando? No la había creído capaz, era una mujer tan serena... y no obstante...

Bajó la vista a sus labios, carnosos y suaves, y tuvo la sensación de que era la primera vez que los veía. La fachada de Emily era fría, pero en esos momentos se estaba rompiendo y él quería ver qué había debajo.

Emily se dio cuenta de que, de repente, su jefe la estaba mirando de manera diferente, con interés. Y se estremeció.

–¿No? –dijo él–. Pues tu expresión dice todo lo contrario.

Emily se puso tensa.

–En realidad, nunca me ha gustado tener que hacerte todo el trabajo sucio.

–¿Qué has dicho?

Ella se ruborizó, incapaz de creer que hubiese dicho aquello.

Lo miró de manera desafiante y respiró hondo.

–Me refiero a tener que comprar regalos para mujeres de las que ya te habías cansado, regalos de despedida que ni te molestabas en elegir personalmente; comprar entradas para la ópera y el teatro... o reservar mesa en restaurantes carísimos, para mujeres a las que poco después tendría que comprarles el regalo de despedida... Eso jamás debió formar parte de mi trabajo...

–No puedo creer que me estés diciendo esto.

–Eso es porque no estás acostumbrado a que nadie te diga nada que no quieras oír.

Leandro espiró y estudió el rostro de Emily, que parecía sinceramente emocionada.

Se preguntó cómo sería su cuerpo debajo de aquel traje y cómo sería hacerle el amor a su fría secretaria, que en esos momentos le estaba demostrando ser una mujer apasionada. ¿Cómo estaría con el pelo suelto? ¡Ni siquiera sabía cómo de largo lo tenía! La curiosidad superó al enfado causado por sus palabras. Y era cierto que no estaba acostumbrado a que lo criticasen.

–¿No te ha gustado verte implicada en mi vida personal? –murmuró.

–Tal vez la anterior secretaria estuviese acostumbrada a ello, pero yo creo que podrías haberme preguntado si me importaba...

–Si tanto te molestaba, tú también podrías habérmelo dicho antes...

Emily se ruborizó porque Leandro tenía toda la razón. ¿Por qué no le había dicho nada? Porque había necesitado el dinero y no había querido arriesgarse a quedarse sin trabajo.

–Me parece fatal que hayas estado haciéndolo y que sea ahora, con la carta de dimisión en la mano, cuando me digas lo que piensas al respecto... Lo que hace que vuelva a pensar en el motivo...

–Bueno, como ya te he dicho, pienso que ha llegado el momento de tomar otro camino... Supongo que querrás que me marche inmediatamente, así que podría recoger mis cosas y marcharme mañana mismo...

¿Marcharte inmediatamente? ¿Qué te hace pensar eso?

–¿Qué quieres decir? –le preguntó ella consternada–. Por supuesto que quieres que me marche lo antes posible, recuerdo habértelo oído decir de otros empleados, que no querías que siguiesen teniendo información confidencial...

Aunque en realidad solo había visto marcharse de allí a dos personas, una porque estaba embarazada y la otra porque se iba a vivir a otro país. La mayoría de los empleados de la empresa intentaban mantener sus puestos porque las condiciones eran muy buenas.

—Mi anterior secretaria se quedó aquí hasta que te encontramos a ti...

—Sí, pero... Yo he tenido más responsabilidades de las que tuvo ella —balbució Emily, que no quería ni pensar en tener que seguir trabajando para Leandro después de cómo le había hablado.

—Eso es cierto —admitió él, preguntándose por qué quería Emily marcharse inmediatamente—, pero, de acuerdo con tu contrato, tienes que dar un mes de preaviso, así que no voy a permitir que me dejes solo con un montón de candidatas inadecuadas.

Dicho aquello, esperó a que Emily siguiese poniendo excusas que no tenían ningún sentido.

Y esta pensó que le esperaban cuatro semanas muy duras.

—Aunque tienes razón al decir que has asumido más responsabilidades que Marjorie —comentó él—. A ella le costaban mucho las nuevas tecnologías, pero sabía que no iba a reemplazarla porque llevaba mucho tiempo en la empresa. Ya trabajaba para mi padre en Argentina. ¿Lo sabías?

—Algo me contó.

—Fue a Argentina un verano, a aprender español y a buscar algún empleo temporal y a mi padre le gustó como secretaria. Y ella se enamoró allí, se casó y siguió trabajando para mi padre, hasta que se mudaron aquí para estar más cerca de la familia. Dos de sus hijas se han casado con ingleses y también viven aquí. Marjorie siempre hizo muy bien su trabajo, pero tú...

Apoyó la espalda en el sillón y puso las manos detrás de su cabeza.

—Eres rápida, profesional, nunca hace falta decirte las cosas dos veces...

Emily aceptó los halagos intentando no cambiar de expresión y se recordó a sí misma que venía con el paquete de tener que quedarse allí un mes más. No obstante, se ruborizó.

—Por eso no puedo perderte inmediatamente, y por eso han recaído en ti tantas responsabilidades... y tanta información confidencial de clientes... Tal vez vayas a ir a trabajar con la competencia. ¿Quién sabe? Eres como un libro cerrado, Emily...

—¿Lo dices en serio, Leandro?

Había conseguido evitar llamarlo por su nombre casi desde que había empezado a trabajar para él y le resultó extraño hacerlo. Volvió a tener la misma extraña sensación de un rato antes, cuando había empezado a sentir un inexplicable interés por él.

—Siempre hablo en serio cuando se trata de trabajo —le respondió él—. A estas alturas ya deberías saber que no soy un hombre que se arriesga en lo relativo a los negocios...

—Eso lo sé, pero... ¡yo jamás divulgaría información confidencial!

—Es mejor prevenir que curar, ¿no crees?

Leandro se preguntó si Emily lo echaría de menos, y se enfadó consigo mismo solo de pensarlo.

–Llamaré a la agencia de empleo mañana a primera hora.

Emily pensó que era fácil perderse en aquellos ojos oscuros, que estaban mirándola pensativos, y luego se dijo que era una tontería pensar aquello. Además, era completamente inapropiado.

–No hace falta todavía... Estamos a punto de terminar un hotel en una pequeña isla del Caribe, la inauguración será dentro de seis semanas. Y yo tengo que ir allí para supervisar los últimos detalles personalmente.

No era del todo cierto, pero en esos momentos le venía bien. No iba a permitir que Emily se marchase sin mirar atrás. Además, lo intrigaba... y con aquella carta de dimisión, todavía más.

–No pasa nada, puedo cubrirte aquí durante tu ausencia y estar en comunicación contigo por correo electrónico. Puedo incluso empezar a buscar a otra secretaria, para que cuando tú vuelvas solo tengas que entrevistar a las que yo haya preseleccionado...

–No era eso lo que tenía en mente, sino más bien que me acompañases y que nos aseguremos juntos de que todo está perfecto para la inauguración... También quiero evitar que tengas la tentación de compartir información sensible con la competencia. Así que ve buscando el pasaporte y haciendo la maleta, y compra dos billetes de avión mañana a primera hora. Va a ser mucho más divertido que preseleccionar a una secretaria, ¿no crees?

Emily palideció.

–¿De qué periodo de tiempo estamos hablando concretamente? –preguntó en voz baja.

–Tienes que darme un mes de preaviso... así que supongo que con que estemos quince días supervisando el hotel...

–¿Dos semanas?

–Pareces sorprendida. ¿Cuál es el problema? Sé que tienes el pasaporte en regla.

–Lo siento, pero no va a ser posible.

–¿Por qué?

–Porque tengo ciertos compromisos.

–¿Y esos compromisos tienen algo que ver con esta carta de dimisión?

–Sí.

Emily respiró hondo y apartó la vista. Se dio cuenta de que Leandro sentía curiosidad. Era un hombre inteligente, así que no iba a dejarla marchar sin profundizar en los motivos de su dimisión.

–Soy todo oídos, porque sigo pagándote un sueldo y no te estoy pidiendo nada que exceda tus obligaciones aquí.

–De eso soy consciente. Es solo que...

–¿Qué?

–Me voy a marchar de Londres. Voy a casarme...

Capítulo 2

LEANDRO se preguntó si había oído bien. ¿Emily iba a casarse? Era absurdo. Jamás se le había pasado por la cabeza que su secretaria pudiese tener una vida social.

Además, ¿dónde estaba el anillo de compromiso?

–No me lo creo –le dijo.

–¿Perdona?

–Ya me has oído, Emily, que no me lo creo.

–¿Cómo te atreves? –le preguntó, furiosa.

¿Cómo se atrevía su jefe a insinuar que estaba mintiendo? Se sintió insultada. Así que su jefe pensaba que era demasiado aburrida como para que alguien quisiese casarse con ella.

¡Cómo podía ser tan arrogante! Aunque, en realidad, no le sorprendía. Lo había visto tratar a otras mujeres como si fuesen juguetes que tomaba y tiraba cuando dejaban de interesarle.

–¿Cómo me atrevo a qué?

–¿Cómo te atreves a sugerir que no es cierto? –replicó ella–. ¡Que no haya hablado nunca de mi vida privada no significa que no la tenga!

–Siento curiosidad por saber dónde estaba tu prometido mientras trabajábamos juntos hasta altas horas de la noche. No imagino a ningún hombre dispuesto a compartir a su novia desde primera hora de la mañana y hasta tan tarde algunas noches...

Leandro se quedó pensativo y sacudió la cabeza lentamente sin dejar de mirarla. Necesitaba saber más.

–No –añadió–. Nunca has tenido problema en trabajar muchas horas, cosa que habría ocurrido si hubieses tenido novio. ¿Desde cuándo estás con él?

–Eso no es asunto tuyo –respondió Emily en tono frío.

–Sí que lo es, dado que parece que está influyendo en tu trabajo.

–No está influyendo en nada...

–Me acabas de decir que no puedes acompañarme al Caribe para supervisar el cierre de este proyecto. Así que yo diría que sí que está influyendo en tu trabajo... Mira, Emily... –añadió, suspirando y pasándose las manos por el pelo moreno–. Llevamos trabajando juntos casi dos años. Hemos tenido una relación profesional excelente, a excepción, por supuesto, del hecho de haberte involucrado en mi vida amorosa...

Leandro se preguntó por qué le había molestado tanto aquello a Emily, ¿le habrían roto el corazón en el pasado?

–¿Tan extraño te resulta que me interese por un acontecimiento tan importante como tu compromiso? Eso sin tener en cuenta que vas a dejarme tirado...

–No pretendo dejarte tirado. Me aseguraré de encontrar a alguien adecuado para sustituirme.

Leandro se dio cuenta de que Emily había intentado evadir su pregunta. Era fascinante.

–¿Cuánto tiempo llevas saliendo con ese hombre? ¿Y cómo se llama, por cierto?

–¿Todas esas preguntas van en la línea de que no te crees que vaya a casarme?

–Me sorprende que no lleves anillo de compromiso –comentó Leandro–. A lo mejor te lo has quitado esta mañana para lavar los platos, pero estoy seguro de que me habría fijado en él si lo hubieses llevado algún día...

–No soy de anillos de compromiso –respondió Emily, incómoda.

–Y, no obstante, debes de estar muy enamorada, si la idea de viajar conmigo al Caribe por motivos de trabajo te resulta incómoda...

Leandro nunca la había visto así. El rubor hacía que su rostro resultase cautivador. Parecía una mujer distinta. Siempre había sido bella, pero en esos momentos estaba desprovista de aquella máscara diseñada para mantener las distancias con todo el mundo.

A él nunca le habían gustado las rubias, pero aquella estaba empezando a interesarle. Se preguntó si era porque el límite entre su relación profesional y personal se estaba empezando a difuminar. En cualquier caso, aquella era una reacción completamente inapropiada. Emily acababa de anunciarle que iba a casarse.

–Se llama Oliver –admitió ella a regañadientes.

Leandro se dio cuenta de que el rostro de su secretaria se ensombrecía un instante. ¿Sería su prometido una especie de último recurso? ¿Tendría miedo Emily a quedarse sola en la vida? ¿O le habían hecho daño antes y tenía miedo a enamorarse?

Sintió curiosidad y no se molestó en contenerla.

Pensó que pasar quince días con ella en el Caribe le permitiría supervisar el proyecto y, además, vivir una experiencia que prometía ser muy interesante.

–Oliver... ¿Oliver qué?

–No lo conoces.

–Me lo estás poniendo muy difícil...

–Camp. Se llama Oliver Camp –añadió ella entre dientes.

–¿Y Oliver Camp va a oponerse a que me acompañes en un viaje de negocios?

–Está bien, iré.

Podía retrasar las gestiones un par de semanas, eso no sería un problema a largo plazo. Ambos estaban dispuestos a dar el paso y a terminar con todo, pero, en ocasiones, el destino trastocaba los planes y en aquel caso lo había hecho a través de un hombre alto, musculoso y muy dinámico que la tenía atada de pies y manos.

Emily supo que discutir con él sería contraproducente.

–¡Qué buena noticia! Me alegra que hayas cambiado de opinión.

Leandro se miró el reloj y se puso en pie, y Emily lo observó, y luego se dio cuenta de que llevaba demasiado tiempo mirándolo y se levantó también.

–¿Harás las gestiones necesarias mañana a pri-

mera hora? –le dijo él, acercándose a la puerta y poniéndose la chaqueta.

–¿Te marchas ya? –preguntó ella.

–Eso parece.

Leandro nunca se marchaba del trabajo antes de
las siete, ni siquiera cuando no tenía reuniones ni
llamadas pendientes, como era el caso aquel día.

–¿Y eso? –le preguntó sin darse cuenta.

Después se preguntó a sí misma qué le pasaba. ¿Cómo era posible que le estuviese hablando
así? Tendría que estar en aquella empresa un mes
más. ¿Tendría que hacerlo controlando todas las
tonterías que su boca quisiese dejar escapar?

–¿Qué has dicho? –dijo él, clavando la mirada
en su rostro sonrojado y arqueando las cejas.

–Lo siento. No es asunto mío. Es solo que... sue-
les aprovechar para trabajar a estas horas, en las que
el teléfono no suena tanto...

Leandro se giró completamente hacia ella y se
apoyó en la pared.

–Te has puesto colorada.

¿Lo había dicho para que se ruborizase todavía
más? En cualquier caso, funcionó. Emily notó calor
en las mejillas.

–No es cierto –mintió–. Solo estoy... Estoy...

–¿Demostrando una curiosidad natural y humana
por la alteración de mi rutina habitual?

–No es...

–Asunto tuyo –terminó Leandro en su lugar–. No
obstante, como parece que tú tienes mucha prisa por

marcharte a hacer lo que tengas que hacer... He decidido terminar yo también mi jornada. De hecho, tengo que hacer algunas gestiones, si voy a estar un par de semanas fuera del país...

Emily bajó la mirada. En esos momentos, Leandro no salía con nadie. Ella misma había despachado al último miembro de su harén varias semanas antes. La pobre no le había durado mucho, pero se había llevado con ella varias joyas muy caras e incluso una motocicleta roja, a juego con sus uñas y esencial para poder moverse por Londres.

¿Habría una siguiente en la lista? La idea la asqueó a pesar de no ser asunto suyo. Cada uno vivía su vida como quería, y ella debía mostrarse indiferente y no criticarlo, pero...

Leandro continuó mirándola. Era como si estuviese viéndola en tres dimensiones por primera vez. Aunque se dio cuenta de que siempre que le había pedido que comprase un regalo para alguna de sus amantes había bajado la mirada como estaba haciendo en esos momentos...

Era evidente que había desaprobación en su rostro. Debía de estar pensando que se marchaba temprano porque había quedado con una mujer. Leandro decidió dejar que imaginase lo que quisiese.

–Bien. Hasta mañana, Emily. Y... No se te ocurra desaparecer, porque, si lo haces, te lo haré pagar por incumplir tu contrato. He sido un jefe ejemplar y espero lo mismo de ti, aunque solo vayas a estar aquí un mes más. ¿Entendido?

–Jamás se me ocurriría desaparecer –dijo ella, aunque tendría que atar ciertos cabos sueltos antes de irse al Caribe con él.

De camino a casa, pensó acerca de dichos cabos sueltos y se sintió frustrada al darse cuenta de que su mente no estaba completamente puesta en aquello.

De hecho, no podía evitar pensar en la conversación que había tenido con Leandro, que no había salido tal y como ella había planeado, y no podía sacarse a su jefe de la cabeza.

Abrió la puerta de su minúsculo apartamento, situado en el sur de la ciudad, y se recordó a sí misma que en cuanto solucionase sus problemas y se casase, ya no tendría que vivir en semejante agujero.

Se preguntó qué pensaría Leandro si pasase accidentalmente por aquella parte del mundo.

Se quedaría horrorizado. Con lo que cobraba, Emily tendría que haber podido permitirse vivir de manera medio decente en un buen barrio de Londres, pero después de pagar lo que tenía que pagar, le quedaba poco para caprichos tales como vivir en un lugar más agradable...

Llamó por teléfono a Oliver antes de quedarse sin energías y le dijo que tendrían que retrasar sus planes un par de semanas.

Lo imaginó en su cabeza. Tenía más o menos su misma altura, el pelo claro, los ojos azules, y seguía pareciéndose mucho al chico con el que había salido con quince años durante un breve periodo de tres meses, antes de que la familia de Oliver vendiese su mansión y se marchase a vivir a América. Habían mantenido el contacto hasta que los padres de este habían fallecido en un accidente de tráfico diez años antes.

Le explicó con voz tranquila que iba a tener que estar dos semanas fuera e intentó que no se le notase la desesperación en la voz.

Y después pasó el resto de la tarde en un estado de dulce pánico. Iba a estar dos semanas fuera con Leandro. Dos semanas al sol. El sol era sinónimo de vacaciones, relajación y, no obstante, ella estaría tensa todo el tiempo, protegiéndose de...

¿De qué?

Muy a su pesar, la imagen de Leandro invadió su cabeza, y Emily pensó en cómo la había mirado, en todo lo que le había dicho esa mañana.

No habían hablado de la ropa que tendría que llevar para el viaje. Solo sabía que el complejo turístico estaba formado por cabañas individuales situadas en la playa, cabañas que parecían antiguas, pero estaban equipadas con todo tipo de comodidades.

Las cabañas formaban una especie de racimo frente al edificio principal del hotel, que era pequeño y también de diseño orgánico. Había una piscina que se asemejaba a una cascada e iba a parar a un lago, aunque cada una de las cabañas también tenía su propia piscina.

Lo cierto era que no iba a poder llevarse su uniforme habitual.

Iba a necesitar trajes de baño, pantalones cortos y vestidos de tirantes. El tipo de ropa que no poseía. Y no tenía tiempo ni ganas de salir de compras.

A la mañana siguiente, Emily no tenía ningunas ganas de ver a su jefe, así que volvió a llegar al trabajo poco antes de las nueve. Si este interpretaba que era una especie de rebelión contenida, que así fuera.

Pero al llegar encontró encima de su escritorio una nota en la que Leandro le informaba de que estaría fuera todo el día. A juzgar por la lista de instrucciones que le había dejado preparada, debía de haber llegado al trabajo todavía antes de lo habitual.

La primera instrucción era comprar los billetes de avión. ¡Cómo si se le pudiese olvidar!

Cuando se hicieron las cinco de la tarde, estaba agotada. Iba a marcharse cuando sonó el teléfono y Emily se estremeció al oír la profunda voz de Leandro.

¿Cómo era posible que no le hubiese afectado hasta entonces?

Tuvo que sentarse y hacer un esfuerzo por calmar su respiración mientras él le pedía que le contase si había conseguido realizar todas las tareas que le había encargado.

Leandro se relajó en la parte trasera del coche. Había estado todo el día de buen humor. Había conseguido adquirir una empresa nueva después de unas duras negociaciones y al día siguiente...

A pesar de que la dimisión de Emily le había sorprendido y molestado, y que el motivo que le había dado había hecho que se sintiese traicionado, la idea de que viajase con él al Caribe lo llenaba de satisfacción.

Había pasado gran parte del día pensando en ella. Había estado repasando mentalmente su conversación, los cambios de expresión de su rostro. Emily había respondido a sus preguntas de manera breve, sin satisfacer completamente su curiosidad.

Y la idea de tener que descubrir a una mujer impredecible por primera vez lo ponía a cien.

¿Estaría empezando a cansarse? Aquella era una pregunta que nunca se había hecho. Tenía treinta y dos años y disfrutaba de una satisfactoria vida amorosa. O eso había pensado hasta entonces. Se preguntó si de verdad era tan satisfactoria, si descubrir la parte desconocida de su secretaria le resultaba tan apasionante.

La última mujer con la que había salido había salido de su vida tres semanas antes, y él estaba empezando a obsesionarse con una nueva imagen de Emily Edison, una Emily Edison que, de repente, era mucho más que la suma de todas sus partes.

¡Hasta había estado fantaseando con ella! ¡Qué extraño!

¿Habría llegado a un punto en el que la novedad era tan importante? No tenía nada en contra del matrimonio en sí. Daba por hecho que se casaría algún día, con alguien adecuado. Alguien rico, como él. Unos años antes había salido con una mujer que había estado a punto de convencerlo de que era perfecta, de que no le interesaba su dinero... Hasta que, un día, Leandro la había oído hablar por teléfono con su madre...

Así que, sí, se casaría cuando llegase el momento, con alguien que no quisiese solo su dinero. Sus hermanas se habían casado ya, y sus padres habían tenido un matrimonio largo y satisfactorio. Él se preguntó entonces si de verdad estaba contento con su vida de soltero.

Frunció el ceño y pensó en las mujeres que habían pasado por su vida a lo largo de los años: bellas, sexys, complacientes, siempre dispuestas a hacer lo que él quisiera. En teoría, sonaba bien, pero la realidad era algo diferente. Cada vez se aburría más con ellas. La emoción de la caza había desaparecido hacía mucho tiempo.

–El primer vuelo que he podido conseguir es para pasado mañana –le contó Emily en tono profesional.

Se preguntó dónde estaría su jefe en esos momentos. ¿En casa? ¿En un restaurante, esperando a alguna mujer? En realidad, no quería perder el tiempo haciéndose esas preguntas.

–¿A qué hora?

Emily le dio los detalles del vuelo.

–Quiero que mañana te tomes el día libre –añadió Leandro–, supongo que tendrás cosas que hacer antes de que nos marchemos.

–No hace falta –respondió ella–. Seguro que hay cosas que terminar aquí antes de...

–Emily –la interrumpió él–. Yo iré mañana antes de las siete y me aseguraré de que no queda nada pendiente.

–¿No quieres que hable con Ruth y le encargue que se ocupe de la correspondencia?

–No nos vamos a la selva –le informó Leandro–. Tendremos Internet, así que podremos leer el correo desde allí. Considéralo un cambio de escenario.

–Ah, bueno.

–Lo que no significa que tengas que meter en la maleta los trajes y los zapatos de tacón.

–Soy consciente de que no sería adecuado –replicó ella.

–La piscina estará disponible...

Emily fingió no haber oído aquello.

–¿Quedamos en el aeropuerto?

–No, te mandaré a mi conductor. O puedo pasar yo por tu casa, de camino al aeropuerto...

–¡No será necesario!

Emily no quería que Leandro Pérez viese dónde vivía. Si ya sentía curiosidad por ella, la bombardearía a preguntas si veía su casa.

–Y tampoco hace falta que me mandes al conductor, Leandro. Si no quieres que vaya en transporte público, bastará con que tome un taxi y pase la factura a la empresa.

–De acuerdo –respondió él, intentando contener la irritación.

Iban a pasar quince días en el Caribe... Tendrían que trabajar, pero también habría sol, el mar, la arena.

Emily no quería que fuesen a recogerla, pero...

Leandro volvió a pensar en su misterioso prometido, del que no sabía nada.

–¿Y qué le ha parecido a... se me ha olvidado el nombre... que tengas que viajar con tu jefe? –le preguntó–. ¿Le ha parecido bien que tengas que pasar tanto tiempo conmigo?

–¿Por qué no iba a parecerle bien?

Emily ni siquiera pudo imaginar la situación que Leandro estaba sugiriendo... Su jefe pensaba que tenía un novio posesivo y celoso, que la llamaría constantemente para comprobar que no estaba pasando nada fuera de lo normal...

¿Qué habían hecho para que la conversación hubiese pasado a ser, repentinamente, tan personal? Notó que se ruborizaba a pesar de estar sola en el despacho.

De repente, sintió que le pesaban los pechos y que se le endurecían los pezones, y sintió vergüenza.

–Estoy pensando que si estás seguro de que no vas a necesitarme mañana en el trabajo... –le dijo a Leandro.

Este apretó los dientes al darse cuenta de que Emily volvía a cambiar de conversación.

–Estoy seguro, tómate el día y haz algo de terapia de compras.

–No me gusta ir de compras –respondió ella al instante.

–A todas las mujeres les gusta.

–A todas las mujeres de tu entorno. En cualquier caso, aprovecharé para hacer la maleta... y...

–¿Y...?

–Tengo que hacer un par de cosas antes de marcharme... Voy a estar mucho tiempo fuera...

–¿Dos semanas te parece mucho tiempo?

Emily suspiró. Leandro Pérez era un hombre persistente. Cuando quería algo, lo conseguía, por muchos obstáculos que encontrase en el camino. Él era así. En una ocasión le había dicho que era algo que había heredado de su padre.

–Él me enseñó que, si quieres algo, tienes que intentar conseguirlo, que las cosas raramente vienen a ti, como fruta caída de un árbol... –le había contado en tono seco.

Por lo que Emily imaginaba que Leandro nunca había querido realmente a ninguna de las mujeres con las que había estado, porque todas habían llegado a él como fruta madura que cae del árbol.

Ella le había respondido que, en ocasiones, era mejor tirar la toalla, y Leandro había intentado que argumentase aquello mejor.

–El año pasado te tomaste dos semanas seguidas de vacaciones –le recordó él.

–Cierto, pero no salí del país.

–¿Adónde fuiste? –le preguntó él con curiosidad–. Te tomaste quince días en octubre, una época del año que no es precisamente agradable en este país...

–El octubre pasado hizo un tiempo precioso.

Emily se puso tensa. No iba a hablar de aquel tema. Tal vez Leandro hubiese conseguido sonsacarle el nombre de Oliver, pero no iba a contarle nada más.

–¿Sí?

–Sí. Supongo que estarás deseando colgar el teléfono, Leandro. ¿Estás en casa?

–Todavía no.

Emily se imaginó dónde estaba y dio por hecho lo obvio.

–No te molestaré más por hoy.

–¿Por qué dices eso?

–Porque supongo que estarás con una de tus novias –respondió ella, arrepintiéndose al instante–. Y no quiero interrumpir. Sé que no te gusta que te molesten cuando estás con una de tus...

–¿Cómo las describirías?

–Nunca he dicho nada de las mujeres con las que sales –murmuró Emily–. Solo te he dicho que no me gusta ocuparme de cosas relacionadas con ellas en tu nombre. Solo he conocido a un par y me han parecido muy... agradables.

–Menudo cumplido.

–¡Esto es ridículo! –dijo Emily enfadada–. No quiero tener esta conversación contigo. Si estás con alguien, me aseguraré de no molestaros. Si, por el motivo que sea, necesitas hablar conmigo mañana, tienes mi número de teléfono. Lo miraré de vez en cuando, por si acaso.

Leandro, que no tenía tiempo para histrionismos, se relajó y cerró los ojos. Nunca había oído a Emily tan enfadada. De hecho, en las últimas veinticuatro horas la había visto convertirse en una persona tridimensional, y él estaba disfrutando mucho con la conversación.

—¿Vas a estar en Londres? Por si te necesito por algún motivo...

—No —respondió ella—. Es probable que no esté en Londres si me das el día libre. ¿Quieres que vaya a trabajar?

—No...

Leandro se preguntó si Emily aprovecharía el día libre para pasárselo en la cama con su prometido.

—Me las arreglaré. Tómate el día y haz... lo que tengas que hacer. Salvo salir de compras, por supuesto. Nos veremos en el aeropuerto. No olvides el ordenador, Emily. Ni olvides llevar... ropa de verano...

Capítulo 3

EMILY llegó al aeropuerto con tiempo de sobra. No había pegado ojo en toda la noche, imaginando lo que la esperaba.

Buscó a Leandro con la mirada. Habían quedado en el mostrador de facturación, que, al ser de primera clase, estaba vacío y tranquilo en comparación con el de la clase turista.

Su maleta era pequeña y en ella había ropa lo más neutra posible para pasar dos semanas bajo el sol. Nada de vestidos de flores ni prendas demasiado femeninas que pudiesen sugerir que iba hacer algo que no fuese trabajar. No tenía ninguna intención de pasearse por ahí en biquini.

La voz de Leandro hizo que se sobresaltase, se giró y vio que lo tenía justo detrás, demasiado cerca para su gusto, así que retrocedió un paso.

—Espero que no lleves mucho tiempo esperándome —le dijo en tono divertido.

Emily llevaba el pelo recogido en un moño, como de costumbre, y había cambiado el traje gris por uno en color crema, combinado con una camisa azul marino y zapatos planos. Su aspecto era profesional y, si

Leandro no hubiese tenido la oportunidad de ver que había en ella mucho más, habría podido pensar que era una mujer sin ninguna personalidad.

Pero no lo era. Nunca lo había sido. Por mucho que se hubiese esforzado en parecerlo.

–No soporto esperar en un aeropuerto...

Leandro tendió la mano para tomar su pasaporte y ella retrocedió y lo dejó hacer las gestiones. Emily se preguntó si su jefe se habría dado cuenta de que la azafata de tierra que lo estaba atendiendo se había puesto colorada al verlo.

Emily apretó los labios y esperó.

–Por eso intento llegar lo más tarde posible –añadió Leandro cuando por fin tuvo los billetes–. ¿Qué tal pasaste el día ayer? ¿Qué hiciste?

–Cosas... que tenía pendientes.

Leandro la miró y pensó que, para no llevar tacones, seguía siendo muy alta, cosa que no solía ocurrir con las mujeres con las que salía normalmente.

–Supongo que habrás traído el ordenador –comentó.

Emily suspiró aliviada al ver que su jefe no seguía intentando hablar con ella de temas personales.

–Por supuesto –le respondió, empezando a mencionar algunos temas de trabajo–. ¿Surgió algo urgente ayer?

–¿De verdad quieres saberlo?

Dejaron de andar y Emily vio cómo la gente pasaba por su lado.

Sabía que su imagen era tensa, y que el traje que llevaba puesto no era lo adecuado para un viaje largo. El aspecto de Leandro era desenfadado, pero caro y sofisticado. Llevaba unos vaqueros negros y un polo. Y calzaba mocasines. Su maleta de mano era de cuero negro.

A Emily se le secó la boca mientras él seguía mirándola con aquellos ojos oscuros, unos ojos que nunca la habían afectado, hasta entonces.

—Por supuesto que sí. Llevo trabajando en algunos proyectos semanas... incluso meses...

Leandro dejó de mirarla y echó a andar de nuevo hacia la zona de control de seguridad, donde volvieron a tratarlos con gran respeto y adulación.

Emily se habría sentido tentada a pensar que todo era una cuestión de dinero si no hubiese sabido que Leandro habría llamado también la atención aunque hubiese estado arruinado. Tenía algo que hacía que todo el mundo lo obedeciese automáticamente.

—Y, no obstante, no vas a estar para ver cómo terminan. ¿Por qué molestarte en fingir interés?

—Porque... que vaya a marcharme no quiere decir que no esté cien por cien comprometida con mi trabajo —respondió ella, sentándose en un cómodo sofá.

Un camarero se acercó a preguntar si querían tomar algo.

—En ese caso, abre el archivo de Edimburgo en tu ordenador y le echaremos un vistazo —le dijo Leandro en tono educado.

Y ella se esforzó en responderle con una sonrisa.

Estaba aburrido. Y era evidente que pensaba que, mentalmente, Emily ya había desertado. Era normal. El único motivo por el que le había pedido que lo acompañase era para vigilarla de cerca y asegurarse de que no vendía los secretos de la empresa a la competencia. ¿Tan poco la conocía después de haber trabajado casi dos años con ella?

No. No la conocía. No sabía nada de ella. Y si lo había sorprendido diciéndole que iba a casarse, Leandro debía de pensar que también podía sorprenderlo de otras maneras.

Emily abrió el archivo y notó cómo Leandro se le acercaba para poder repasar la información con ella.

Estaba nerviosa, pero después de toda una vida controlando sus emociones, no le tembló la voz, nada la traicionó. Se dio cuenta de que Leandro la miraba y deseó gritarle que se concentrase en la pantalla del ordenador.

–¿Eres consciente del calor que va a hacer cuando aterricemos? –le preguntó después de un rato.

Emily hizo una mueca.

–No pensé que fuésemos a hablar del tiempo –respondió.

–¿Toda la ropa que has metido en la maleta es del mismo estilo?

Emily se apartó de él y cerró el ordenador para guardarlo.

¿Por qué se sentía como una tonta?

De repente, le agobió pensar en que era una mujer joven reservada y precavida, que siempre estaba alerta. Casi no se recordaba de otro modo. El último novio que había tenido, con el que había salido seis meses, cuatro años antes, había sido un desastre. Su inexperiencia y el hecho de que sospechase de todo por naturaleza habían minado la relación, sofocándola, hasta que habían decidido seguir cada uno su camino, pero mantener el contacto y ser amigos, cosa que no había ocurrido.

Entonces pensó en las mujeres con las que salía Leandro: sexys, completas, relajadas.

¿Qué debía pensar su jefe de ella?

Se dijo a sí misma que daba igual, aunque no fuese del todo cierto.

Apartó la inquietante imagen que tenía de sí misma en su cabeza y se aclaró la garganta.

—Es evidente que... quiero ir vestida de manera adecuada... y...

—¿Recatada para un viaje de ocho horas al Caribe?

—No me habría sentido cómoda con unos vaqueros y una camiseta de tirantes —respondió ella.

Notó que se ruborizaba y tuvo que hacer un esfuerzo para no decir nada más al ver que Leandro seguía mirándola.

—¿Y con esa ropa sí que estás cómoda?

—Es práctica.

—Si tú lo dices.

Leandro sacó su tableta de última generación y la encendió.

Emily interpretó aquello como una señal de que su conversación había terminado. Tenía en el bolso la novela de suspense que estaba leyendo, pero se temió que Leandro le hiciese algún comentario sarcástico al verla y decidió sacar en su lugar unos documentos que había imprimido el día anterior en el trabajo acerca del complejo turístico al que iban a ir.

Leandro respondió a varios correos de su familia que tenía pendientes y después miró a Emily, que parecía estar muy tensa.

Se preguntó por qué estaba tensa y, sobre todo, por qué, de repente, despertaba en él tanta curiosidad. En realidad, no se la llevaba al Caribe para evitar que compartiese información con la competencia, sabía que era incapaz de hacer algo así. No, se la llevaba porque... quería pasar tiempo con ella. E intentar satisfacer su repentina curiosidad. O tal vez porque le había fastidiado que fuese a dejarlo. Era la primera mujer que lo dejaba, aunque su relación fuese solo profesional...

Lo que estaba claro era que el viaje se le iba a hacer muy largo si ambos seguían con aquella actitud.

Subieron al avión, Leandro se instaló en su asiento y observó divertido que, a pesar de que se habían apagado las luces, Emily seguía muy recta, leyendo un libro que había sacado del bolso.

Él inclinó su asiento, apagó la luz que había encima y se preguntó si debía intentar hacer que Emily se relajase un poco hablándole de trabajo, pero decidió no hacerlo.

¿Cómo era posible que Leandro se quedase dormido en un avión?, pensó Emily enfadada.

Era demasiado largo para aquel asiento, aunque lo hubiese inclinado y se hubiese convertido en una cama. Lo miró de reojo. Dormido, había en él cierta vulnerabilidad. Las líneas de su rostro estaban relajadas y transmitía serenidad.

Emily volvió a clavar la vista en su libro, pero volvió a mirar a su jefe en varias ocasiones, recorriendo su cuerpo fuerte con la vista.

Tragó saliva y se le aceleró el corazón, y Emily se preguntó qué le estaba pasando.

Si hubiese estado prometida y a punto de casarse con el hombre de sus sueños, no habría mirado a su jefe así, pero lo cierto era que, en realidad, su compromiso no era de verdad, ¿o sí?

Entonces pensó en Oliver... El hombre por el que su jefe pensaba que estaba loca... el hombre que tendría que haberse puesto celoso al saber que iba de viaje con su jefe. Era cierto que iba a casarse con él, pero solo porque necesitaba dinero.

Debía de haberse quedado dormida, porque cuando, de repente, despertó, se sintió desorientada, dejó escapar un grito y se inclinó hacia delante. Tardó varios segundos en darse cuenta de dónde estaba, no en su cama, sino sentada en el avión. Con el corazón acelerado, se dio cuenta de que Leandro tenía una mano apoyada en su hombro y la estaba sacudiendo.

–¿Qué estás haciendo? –le preguntó, fulminándolo con la mirada.

–¿Qué estabas soñando?

–¿Qué?

El rostro de Leandro estaba tan cerca del suyo que Emily notó su aliento caliente en el cuello. Estaba despeinado y muy sexy.

–Soñando –repitió él, acariciándole el cuello y la línea de la mandíbula–. Estabas soñando, Emily.

–Te he despertado, lo siento –le respondió ella.

Casi no podía respirar. Sabía que Leandro no era consciente de que le estaba tocando la cara, pero ella era muy consciente y, no obstante, no era capaz de apartarse.

–No te preocupes por mí –le dijo él.

Estudió su rostro enrojecido y después bajó la vista a sus labios, que estaban separados. De repente, notó que se excitaba. Emily tenía las mejillas rosadas, estaba despeinada y su mirada azul parecía confundida. Parecía una chica joven, era una chica joven, por mucho que intentase ocultarlo siempre.

Y estaba muy sexy. A Leandro le entraron ganas de besarla.

–¿Qué estabas soñando?

–Nada –contestó ella retrocediendo.

Él apartó la mano y Emily la echó de menos al instante.

Había estado soñando, sí. Con Oliver. Con su boda y con lo que eso conllevaría. Había sido un sueño oscuro, lleno de miedos, en el que también había aparecido Leandro, aunque Emily no recordaba en esos momentos cuál había sido su papel en él.

—Pues nadie lo diría.

—¿He dicho... algo?

Leandro la miró a los ojos azules y se preguntó por qué parecía asustada.

—No —admitió—, pero has gritado como si estuvieses asustada.

—Siempre he dormido regular —comentó ella.

—¿Sí?

Emily dudó un instante y después añadió:

—Durante una época, cuando era más joven, fui sonámbula. Desde entonces, nunca he dormido bien.

Leandro se la imaginó de adolescente e, inmediatamente, quiso saber más cosas de ella.

—Supongo que eso desconcertaría a tus hermanos —aventuró.

—No tengo hermanos. Soy hija única.

—Entonces, tu boda debe de ser un acontecimiento muy importante para tus padres.

—Yo...

Él siguió mirándola fijamente con sus ojos oscuros, para animarla a continuar hablando.

—Somos solo mi madre y yo —dijo ella, apretando los labios, dispuesta a terminar su conversación allí.

Leandro esperó y, al ver que ella seguía en silencio, añadió:

–Qué paz...

–¿Qué quieres decir?

–Quiero decir que yo tengo cuatro hermanas, así que en mi casa había poca paz y tranquilidad.

–¿Cuatro hermanas? –repitió Emily sonriendo, mirándolo.

Leandro arqueó una ceja y sonrió, y a ella se le aceleró el pulso.

–Cuatro hermanas... y todas querían probar en mí sus maquillajes...

Emily se echó a reír y Leandro pensó que no reía lo suficiente. Se preguntó si su prometido sería capaz de sacar aquella parte de ella...

–¡No te creo!

–Es la verdad. Por aquel entonces solo tenía cuatro o cinco años, pero todavía me acuerdo.

–¿Y después, de adulto, no has querido nunca volver a maquillarte?

Leandro se echó a reír.

–Ahora intento evitar la zona de cosméticos de los grandes almacenes...

Sus miradas se cruzaron y ambos compartieron un momento de relajación. Emily notó que se le secaba la boca y un zumbido extraño en los oídos.

–¿Sabes si...? ¿Si...?

–¿Si qué?

–Si hay alguna cosa de última hora que haya que hacer en el hotel nada más llegar...

Casi sin aliento, Emily intentó cambiar de tema de conversación.

Y Leandro se preguntó si iba a sacar el ordenador y esconderse detrás de él.

–He contratado a buenos profesionales para que se encarguen del trabajo de construcción. Todo debería estar en orden cuando lleguemos, preparado para recibir a los primeros turistas...

–Unos turistas muy ricos...

–¿No te parece bien que la gente que tiene dinero se lo gaste en unas vacaciones?

–Yo no he dicho eso.

Pero no había podido evitar hablar con cierta amargura. De niña, había habido una época en la que ella también había disfrutado de aquel tipo de vacaciones. Casi no las recordaba, pero sabía que había estado en hoteles muy caros con sus padres.

–Y no lo pienso –añadió, más tranquila–. Al fin y al cabo, si el hotel está lleno, habrá trabajo para los habitantes de la isla, y sé que va a ser un complejo muy ecológico. La comida será local... y todo se ha hecho para alterar lo menos posible el espacio natural...

–Pareces un guía turístico –comentó Leandro.

Luego pensó que echaría eso de menos en ella, su capacidad para tener una visión amplia de cualquier proyecto en el que trabajasen, de pensar en mucho más que en el dinero.

Seguía sin entender que hubiese dimitido...

Se pasó las manos por el pelo, frustrado, y cambió de postura en el asiento. Por mucho dinero que pagase, el espacio en un avión siempre era limitado, y en esos momentos necesitaba moverse, hacer algo para aplacar aquel repentino nerviosismo que lo había invadido al pensar que Emily iba a dejarlo.

No, no iba a dejarlo. Se iba a marchar a pastos más verdes.

La idea no hizo que se sintiese mejor. Iba a marcharse a pastos más verdes con un tipo del que no quería decirle ni el nombre.

–Tal vez ese sea mi próximo trabajo –comentó ella sin pensarlo.

–Entonces, ¿volverás a trabajar después de que se te lleve ese tipo?

Leandro se dio cuenta de que el tiempo había pasado muy rápidamente. Aterrizarían en menos de una hora, y él habría podido seguir hablando con Emily ocho horas más.

–Es posible –murmuró ella–. Vaya, cómo ha pasado el tiempo. Voy a ir al baño... a refrescarme...

Leandro frunció el ceño y vio cómo se levantaba de su asiento. Siguió el movimiento de sus manos al alisarse la falda y ajustarse la chaqueta. Era una mujer muy esbelta, y Leandro se preguntó si haría deporte.

Luego miró hacia la ventana. Le estaba costando sacarse a aquella mujer de la cabeza. Normalmente, aprovechaba los vuelos largos para trabajar. Miró el ordenador y se dio cuenta de que no había hecho casi nada.

Estaba apagándolo cuando levantó la vista y la vio volver del cuarto de baño.

Durante unos segundos, no fue capaz de pensar con coherencia. Emily se había peinado, pero no llevaba el moño habitual, sino una cola de caballo que descansaba sobre uno de sus hombros como una cuerda de oro y seda. Tenía el pelo largo, mucho más largo de lo que Leandro había imaginado. También se había quitado la chaqueta y se había quedado con una camisa sin mangas que seguía siendo recatada, pero que se revelaba la suave curva de sus pequeños pechos.

Emily se sintió incómoda al darse cuenta de que Leandro la estaba mirando.

—Si quieres salir al baño, es ahora o nunca —le dijo antes de sentarse.

Él intentó responder, pero por primera vez en su vida se había quedado sin palabras. Balbució algo antes de levantarse.

El avión aterrizó y los pasajeros bajaron, era por la tarde y el tiempo era húmedo y caluroso.

—Tenemos que tomar otro vuelo para llegar a la isla —le explicó Leandro—. Tengo una avioneta esperándonos.

Tuvo que controlarse para no intentar deshacerle la coleta a Emily y ver cómo era su pelo suelto. Y también tuvo que luchar contra otros pensamientos inapropiados, teniendo en cuenta que aquella mujer iba a casarse con otro.

Recuperaron el equipaje y fueron hacia donde los esperaba la avioneta. Leandro se dijo que solo sentía curiosidad por ella, al fin y al cabo, era una mujer atractiva y él, un hombre con sangre en las venas.

Emily se movía con calma y gracia, pero sin intentar llamar la atención, y eso era algo en lo que Leandro no se había fijado en el trabajo.

La oyó hacer varias preguntas acerca del vuelo y bromear acerca de la fiabilidad de un aparato tan pequeño, pero él no pudo evitar pensar en otras cosas. ¿Cómo sería Emily sin aquella ropa? ¿Con la cascada de pelo rubio sobre la almohada y una sonrisa en los labios? Su piel debía de ser suave y clara, sus pechos pequeños y redondeados, con los pezones rosados... Se preguntó a qué sabrían. La idea de meterse uno en la boca hizo que volviese bruscamente a la realidad mientras subían a la avioneta.

–Es la primera vez que viajo así.

Leandro la miró. El cielo se había oscurecido. El aparato empezó a avanzar por la pequeña pista y él pensó que podrían haber estado en cualquier lugar del mundo. En cualquier lugar cálido. El rostro de Emily estaba brillante de sudor.

–¿En un objeto del tamaño de una lavadora y con la potencia de un cortacésped malo?

–Por favor, no digas eso.

Leandro se echó a reír.

–No te preocupes. Este aparato no va a caerse del cielo conmigo a bordo.

Emily se relajó al oírlo bromear.

–No sabía que tuvieses semejante poder sobre

los objetos inanimados –respondió, también en tono de broma.

–Es tranquilizador, ¿verdad? Conozco al piloto personalmente y es excelente.

–¿Ya has viajado antes en un avión tan pequeño?

–He hecho algo todavía mejor. Pilotar uno parecido...

–¡No! –dijo Emily, completamente ensimismada, como si Leandro la tuviese hipnotizada.

–Tenía dieciséis años.

–No te creo.

Leandro se echó a reír.

–Sobrevolé el rancho de mi padre en un ultraligero que él creía tener guardado a buen recaudo.

–¿Robaste el avión de tu padre? –preguntó ella, imaginándoselo de adolescente y viviendo en un rancho.

En segundo plano quedaron todos sus miedos a volar en un aparato tan pequeño, a tener que pasar quince días con él, a lo que la esperaba después...

–Lo secuestré durante hora y media...

–Tus padres se morirían del susto. ¡Qué peligroso!

–De peligroso, nada, era solo un reto –murmuró él–. Si hay algo que sé de mí mismo, es que siempre acepto un reto...

Emily tuvo la sensación de que aquel comentario iba más allá de su aventura con el avión y no pudo evitar estremecerse. Deseó, y no era la primera vez, que su compromiso con Oliver fuese algo más que un medio para alcanzar un fin muy necesario. Deseó poder utilizarlo como barrera contra el efecto que Leandro tenía en ella.

–Aunque ya hubieses montado en él antes, debiste de tener miedo... –comentó con el corazón acelerado.

–Por supuesto que no –respondió Leandro encogiéndose de hombros y sonriendo de medio lado–. Era un adolescente. ¿Desde cuándo tienen miedo los adolescentes? Y, además, uno de los trabajadores del rancho me había dado un par de clases de vuelo. Solo sentí miedo cuando aterricé y vi que mis padres me estaban esperando.

Echó la cabeza hacia atrás y dejó escapar una carcajada.

Se sintió aturdido al ver a Emily tan concentrada en él. Se sintió como el adolescente que ya no era. Estaba bastante acostumbrado a que las mujeres lo escuchasen con interés, pero aquella mujer...

–¿Qué te dijeron?

–Que no saldría de mi habitación en lo que me quedaba de vida –le contó Leandro sonriendo. Aunque, por supuesto, no pudieron mantener el castigo. Estuve castigado tres días y después me dejaron recibir clases de vuelo, por si volvía a subirme al avión, que lo hiciese siendo capaz de pilotarlo bien... Vamos a aterrizar en unos minutos.

Emily no se había dado cuenta de que el avión había empezado a descender, pero dejó de mirar a Leandro y miró hacia abajo, hacia la oscuridad.

Solo vio algunas luces. No se habían desabrochado
el cinturón de seguridad y se agarró a su asiento con
tanta fuerza que se le pusieron los nudillos blancos.
Cualquiera habría dicho que era la primera vez que
volaba, y no era cierto, pero sí era la primera vez
que lo hacía en un aparato tan pequeño como aquel.

El avión se detuvo y bajaron de él, hacía calor y
a su alrededor se escuchaba el sonido de los insectos tropicales. Se sintió desorientada. La isla era pequeña y en la pista no había el caos habitual de un
aeropuerto normal.

Cuando Leandro la agarró del codo para guiarla
hacia la pequeña terminal, en la que solo había un par
de empleados, no se resistió. Les llevaron el equipaje
y Emily oyó hablar en un idioma que no entendía.

Tal vez aquel fuese un horrible viaje de trabajo
con un hombre cuya mera presencia le afectaba,
pero tenía que admitir que la idea de salir de Londres le gustaba.

Sin mirarlo, se quitó la goma que llevaba en el
pelo y se lo dejó suelto un instante, antes de volver
a hacer una cola de caballo alta.

En contraste con la oscuridad que los rodeaba y
el color de la piel de los trabajadores locales, la pa-
lidez de Emily era llamativa. Leandro pensó que era
incluso erótica.

Y, de repente, se dio cuenta de que aquello no
era un mero reto... Aquello era un peligro.

Capítulo 4

¡ESTABA prometida!

Aquella idea fue lo único que ayudó a Leandro a ponerle freno a su imaginación. El breve acercamiento que habían tenido en la avioneta, en el que Emily había bajado la guardia y él había sentido que estaba conociendo otra faceta de la mujer que era, había quedado atrás.

Por frustrante que le resultase, Emily había vuelto a ponerse en modo profesional y él no había tenido tiempo para intentar hacer que eso cambiase, sobre todo, porque casi siempre estaban en compañía de otras personas.

Los habitantes de la isla lo trataban como si fuese una celebridad y lo adoraban por haber creado tantos puestos de trabajo. Además, pagaba muy bien.

Nada más llegar, el gerente del hotel le había dado la noticia de que un equipo de una importante cadena de televisión estadounidense iría a cubrir la inauguración del hotel y a hacer un análisis de su impacto en la economía local.

Emily tenía la sensación de haber entrado en un extraño y nuevo mundo en el que, de repente, había pasado a ser popular solo por formar parte del equipo de Leandro.

Habían cenado con lo mejor de la isla y habían salido en el periódico local. Y los compromisos sociales habían hecho que pudiese mantener en todo momento una actitud profesional.

El bañador seguía en el fondo de un cajón y aunque estuviese asistiendo a cenas y comidas vestida de manera un poco demasiado formal, al menos se sentía cómoda y se había resistido a las sugerencias de las esposas de algunos hombres de negocios locales de salir de compras y hacerse con ropa «más caribeña». Lo que imaginaba que implicaba pareos, chanclas, vestidos transparentes y vaporosos y otras prendas que habrían hecho que se sintiese todavía más vulnerable.

Esa noche, por primera vez desde que habían llegado a la isla, iban a cenar solos en el restaurante del hotel para probar la cocina. Les iban a preparar un menú degustación acompañado de vino.

–¿No quieres hacerlo solo con Antoine? –le había sugerido a Leandro la noche anterior–. Quiero decir que él es el chef. ¿No te parece más apropiado que te acompañe él?

–Estará entre bastidores –le había contestado Leandro, sugiriendo con su tono de voz que sabía que Emily quería evitarlo–. ¿Quieres que cocine y que después se cambie rápidamente de ropa y finja probar su propia comida por primera vez?

Emily se miró en el espejo y se estremeció de los

nervios. Estaba alojada en una lujosa cabaña situada entre palmeras y jardines llenos de color. Le habían pedido que lo evaluase todo de la manera más objetiva posible y que hiciese cualquier sugerencia que le pareciese necesaria.

No tenía nada que sugerir. La cabaña tenía todo lujo de detalles, desde los modernos muebles de bambú, hasta el sofisticado baño. En ella también había un espejo de cuerpo entero para que las mujeres pudiesen comprobar su aspecto.

La piel de Emily había tomado un color dorado gracias al sol, y tenía la nariz salpicada de pecas. Sus ojos parecían más azules, las pestañas más espesas y el pelo más claro.

En vez de llevar el moño habitual, había decidido dejarse el pelo suelto sobre los hombros. La humedad había hecho que le saliesen unas ondas que jamás había tenido.

Sacó del armario uno de los vestidos menos formales que había llevado, de color turquesa y relativamente corto, sin mangas. No era precisamente atrevido, pero se miró al espejo y se sintió atrevida.

Leandro, que estaba tomándose una copa en el bar, se enteró de la llegada de Emily porque el grupo de hombres con los que estaba charlando se quedó en silencio de repente. Con la copa en la mano, se giró despacio y la mente se le quedó en blanco unos segundos. Le dio un sorbo a la copa de ron con agua y se obligó a sonreír y a acercarse a ella.

–El equipo de televisión llegará mañana –le dijo–. Cuanto más graben, mejor para el hotel y para la comunidad.

Emily sonrió de manera educada. Leandro no había dicho nada acerca de su aspecto, y a pesar de que no se había vestido para él, habría sido todo un detalle que le dedicase un cumplido.

–¡Estupendo!

–Y, si miras a la izquierda, verás que nos han preparado una mesa especialmente para nosotros. Es un ejemplo de cómo estarán vestidas las mesas cuando el restaurante esté lleno. Ya les he dicho que no escatimen en detalles. Puedes realizar los comentarios que estimes oportunos...

–Por supuesto.

Emily era tan consciente de la cercanía de Leandro que sintió que se desmayaba.

Iba vestido de manera informal, con unos pantalones cortos de color claro, un polo negro y unos mocasines sin calcetines. Y después de un par de días bajo el sol, estaba todavía más moreno de lo habitual.

¿Cómo podía ser tan sexy? Emily tuvo que recordarse a sí mismo que por eso se creía con derecho a tener a cualquier mujer, cosa que a ella le repugnaba.

–Aunque estoy segura de que todo estará perfecta, como la habitación que es perfecta.

–Esa es la diferencia entre un buen hotel y un hotel estupendo. Este último nunca da nada por hecho y nunca se confía.

¿Se habría confiado él con Emily? ¿Sería ese el motivo por el que se había despedido? Aunque no necesitase el trabajo, era evidente que cualquier mujer inteligente querría tener un trabajo que la mantuviese activa, salvo que...

–¿Estás embarazada? –le preguntó bruscamente, mientras se sentaban a la mesa.

A ella le sorprendió tanto la pregunta, que tardó varios segundos en asimilarla.

–¿Qué has dicho?

–No se me había ocurrido hasta ahora, pero tiene sentido. Por eso tienes que casarte tan repentinamente, y por eso has dimitido... ¿Estás embarazada? Porque, si es así, podrías recuperar tu puesto cuando te encontrases en condiciones de trabajar...

Leandro ladeó la silla para poder cruzarse de piernas mientras seguía mirándola fijamente. La vio ruborizarse...

–No estoy embarazada, no –respondió ella riendo, y dando un buen sorbo a la copa de vino que tenía delante–. No pretendo tener hijos.

Leandro pensó que nunca había sentido tanta curiosidad por una mujer. Quería saber más de ella en todos los aspectos.

–Pensé que casi todas las mujeres soñaban con tener hijos... –murmuró–. Un diamante en el dedo, pasar por el altar, tener niños...

–Yo, no –respondió ella, volviendo a beber y dándose cuenta de que había vaciado la copa.

No tardaron en rellenársela. Aquello formaba parte del excelente servicio.

–¿Y lo sabe el afortunado?

–¿Qué afortunado? –preguntó ella–. Ah, Oliver. Por supuesto.

–Eres demasiado joven para haber tomado una decisión tan importante... ¿No será tu prometido el responsable? ¿Está divorciado? ¿Tiene ya hijos? Algunos hombres de mediana edad que ya tienen hijos mayores no quieren tener más cuando se casan con alguien mucho más joven que ellos...

Emily se dio cuenta de que Leandro estaba intentando sonsacarle más información, y aunque debía haber zanjado la conversación en ese momento, el vino había empezado a embotarla. Sintió ganas de seguir hablando.

Era muy extraño, estar allí con él. En esos momentos, Leandro no era su jefe, no era el hombre al que había despreciado en silencio, ni aquel en el que jamás debía confiar. Los límites que había entre ambos habían empezado a desdibujarse y la voz de Leandro, profunda, apacible, le resultaba extrañamente tentadora.

–No pensé que estuviésemos aquí para hablar de mí –comentó con menos convicción de la habitual.

Leandro dio un sorbo a su copa y permitió que la conversación terminase mientras él leía la carta. Charlaron brevemente acerca de lo que esta ofrecía.

A Emily le caía el pelo alrededor del rostro y él se quedó hipnotizado al ver cómo se lo metía detrás de la oreja y se mordía el labio, pensativa.

—A lo mejor debería haber más pescado —comentó ella, pensando en voz alta.

Al fin y al cabo, estaban en el Caribe.

—Supongo que te gusta el pescado...

—Me encanta. Sobre todo, porque no lo suelo cocinar en casa.

Leandro se preguntó cómo sería su casa. ¿Un reflejo de su complicada personalidad? ¿Diseños modernos y elegantes? ¿Con reproducciones modernas colgadas de las paredes?

—Yo cocino poco —comentó él.

Emily ladeó la cabeza y lo miró.

—¿Sabes qué? Que no me sorprende.

—¿Por qué no?

—Porque los hombres como tú no cocinan.

Leandro se quedó inmóvil y la miró fijamente.

—¿Los hombres como yo? —repitió en tono frío—. Vas a decirme otra vez que piensas que utilizo a las mujeres.

Leandro se echó hacia atrás mientras les servían los entrantes y les rellenaban las copas de vino. Cuando volvieron a dejarlos solos, Emily tenía toda la atención puesta en su plato, pero Leandro pensó que, si creía que iba a conseguir cambiar de tema de conversación hablando del servicio, estaba muy equivocada.

—Tienes mucho dinero —murmuró ella, empezando a comer la ensalada–. ¿Por qué ibas a cocinar, si puedes pagar a alguien para que lo haga por ti?

–Tal vez porque me gusta cocinar, pero no tengo tiempo para hacerlo.

–¿Es así?

–No exactamente... –admitió él, sonriendo de manera muy sensual–. He conseguido hacer alguna tortilla con éxito, pero no soy ningún experto en la cocina. Crecer rodeado de hermanas tiene ciertas ventajas...

–¿Además de maquillarte de pequeño, también te mimaron? ¿Es eso lo que quieres decir?

Emily recordó que, de niña, siempre había deseado tener una hermana... En esos momentos, más que nunca, habría estado bien tener a alguien con quien compartir todas sus preocupaciones. Su destino no habría cambiado, pero al menos no habría tenido que enfrentarse a los problemas sola.

–El único chico –comentó él, sonriendo de medio lado–. ¿Qué esperabas?

Leandro se distrajo momentáneamente mientras cambiaban los platos y consiguió mantener su curiosidad controlada mientras Emily hablaba de la comida. Él le rellenó la copa y pidió otra botella de vino. Esperó a que les hubiesen llevado el plato principal para volver al tema que tenía en mente.

–Entonces, me estabas hablando de tu prometido y del tema de la familia...

–No sé a qué te refieres.

–¿No quieres hijos porque él ya los tiene...?

–¡Por supuesto que no tiene hijos! –replicó ella, preguntándose cómo era posible que su copa estuviese siempre llena–. ¡Tiene la misma edad que yo!

–Entonces, ninguno de los dos está interesado en tener familia...

–¿Tú quieres tener hijos? ¿Casarte? ¿Sentar la cabeza?

No se lo imaginaba. No, era el típico hombre que jamás se establecería y que, si lo hacía, seguiría viviendo como si fuese soltero. Había hombres así. Guapos, encantadores, ricos, que hacían lo que querían, sin preocuparse de si le hacían daño a alguien en el proceso.

De repente, Emily sintió ganas de llorar y bajó la mirada al plato. La comida había desaparecido misteriosamente de su plato, aunque ella no recordaba habérsela comido.

–Por supuesto que sí.

Leandro apartó su plato y se puso recto. La luz era tenue en el restaurante, pero tuvo la sensación de que a Emily le había temblado la voz, y había bajado la vista...

–¿Estás...?

–Estoy bien –respondió ella–. No suelo beber tanto. Me estabas hablando de tus planes de casarte y tener hijos... Lo siento. No es asunto mío.

De repente, se sentía aturdida. En parte sabía que no debía haber hablado así, pero no había podido evitarlo.

...te que la comida me ha pare-
... añadió–. ¿Cómo conseguiste en-
...e? Es todo un hallazgo...

...biando de tema.

–... estamos trabajando, Leandro. No estamos... de vacaciones. No estamos conociéndonos.
Yo estoy aquí porque no he tenido elección y... y...
–sintió que se mareaba–. Necesito un café.

–Por supuesto.

Leandro pidió dos cafés antes de continuar con
la conversación.

–¿Por qué no íbamos a intentar conocernos mejor?
Me gusta mantener el trabajo separado de mi vida
personal, pero podemos charlar mientras cenamos sin
que eso cambie. ¿Por qué tanto secretismo? No vas a
poner en peligro tu trabajo, ya has dimitido...

Se pasó los dedos por el pelo y deseó que Emily
dejase de mirarlo con aquellos ojos tan grandes,
azules y soñadores. Había bebido un poco más de
la cuenta y el efecto del alcohol suavizaba su expresión. Estaba inclinada hacia él, con un codo apo-
yado en la mesa y la barbilla apoyada en la mano.
Leandro tuvo la sensación de que el vestido azul
que llevaba puesto podría caerse en cualquier momento. Deseó tirar de él para desnudarla.

A su maldito prometido le habría dado un infarto
si hubiese sabido lo que Leandro estaba pensando
de su querida novia.

–Y para responder a tu pregunta acerca de mi intención de formar una familia algún día...

En realidad, le molestó estar hablando de un tema que había evitado siempre con el sexo opuesto.

Emily tenía toda la atención puesta en él.

–¿Sí?

Leandro sacudió la cabeza y miró durante unos segundos hacia el mar. La playa estaba iluminada en parte y la superficie oscura del mar estaba salpicada de puntos plateados. Los empleados del hotel habían seguido sus instrucciones y estaban manteniendo las distancias.

–Cuando llegue el momento y conozca a la mujer adecuada –añadió a regañadientes–, no dudaré en dar el paso.

–¿Cuando conozcas a la mujer adecuada...? –repitió Emily, riendo–. Jamás pensé que fueses un romántico...

–No, ya sé lo que piensas de mí. Me lo has dejado muy claro.

–¿Estás enfadado conmigo porque te dije lo que pensaba?

–Sorprendido. Estoy demasiado sorprendido para estar enfadado. Y creo que nunca te has parado a pensar que tal vez sea cien por cien transparente en mis relaciones con las mujeres...

–¿Qué quieres decir? –le preguntó Emily, frunciendo el ceño.

No quería seguir hablando de aquello, pero no podía resistirse. Estaba conteniendo la respiración mientras escuchaba hablar a Leandro.

–Que nunca les doy falsas esperanzas.

Clavó la mirada oscura en su rostro y deseó no apartarla de él jamás, pero supo que debía hacerlo. Además, nunca había sido de los que miraban a las mujeres fijamente.

–Nunca he hecho promesas que no iba a poder cumplir. Todas sabían a lo que se atenían desde el primer día, y las he tratado a todas como a reinas.

–Aunque ninguna fuese tu alma gemela...

–Hay que besar a muchos sapos... ¿Es eso lo que has hecho tú, Emily, antes de encontrar a tu príncipe azul?

–En realidad, no me he dedicado a buscar a mi alma gemela.

Leandro la miró con la cabeza inclinada.

–¿Quieres eso decir que te has quedado con tu prometido antes de tener la oportunidad de explorar otras posibles opciones?

–Supongo que podría decirse así, sí –murmuró Emily.

Se limpió la boca con la servilleta y apoyó la espalda en la silla, nerviosa al darse cuenta de que había estado a punto de contarle la verdad a Leandro.

–Ahora, si me disculpas, estoy un poco cansada –añadió–. Creo que voy a irme a la cama. ¿Qué planes tienes para mañana? ¿Alguna reunión? Sé que va a venir la televisión, así que supongo que querrás... preparar alguna cosa...

–¿Qué clase de cosa?

–¡No lo sé! –replicó ella–. Cosas. ¡Asegurarte de que graban desde el ángulo adecuado! ¡Yo no sé nada de cómo trabajan los medios de comunicación en un caso como este!

–No va a ser una noticia que salga en la prensa de todo el mundo. Viene solo un equipo pequeño. Y, como respuesta a tu pregunta, se encargará de todo mi relaciones públicas. Así que... ¿por qué no te tomas mañana el día libre? Podríamos dar una vuelta por la isla.

–¿Tomarme el día libre? –balbució Emily.

–Es fin de semana. No soy tan déspota como para hacerte trabajar también en fin de semana...

Después llamó a Antoine para felicitarlo por la comida y hacerle algunas preguntas. Mientras tanto, Emily intentó digerir lo que acababa de decirle. Un día libre. ¿Los dos solos? Leandro no le había dado muchas pistas.

Se puso en pie presa del pánico y se dio cuenta de que los efectos del alcohol eran mucho más pronunciados estando levantada que sentada.

Con dificultad, empezó a avanzar a pequeños pasos al lado de Leandro, y ambos salieron del restaurante para dirigirse a sus respectivas cabañas. Entre el aturdimiento y que no conocía bien el lugar, no pudo evitar tropezar con un pequeño agujero que había en el suelo.

Intentó recuperar el equilibrio, pero cayó al suelo y se dio cuenta de que se había hecho sangre en un pie al darse contra una piedra.

No supo qué era peor, si el dolor, o la humillación de que Leandro tuviese que ayudarla a ponerse en pie. Y, después, que la tomase en brazos y la llevase cual saco de patatas hasta su habitación.

—No te resistas —le advirtió él—. ¿Cómo has podido caerte? No, no me respondas. Has bebido demasiado.

Emily era alta, pero pesaba poco. Se abrazó al cuello de Leandro y este tuvo que apretar los dientes al notar su cuerpo suave apretado contra el de él.

—Puedo andar —protestó Emily.

—Te está sangrando el pie.

—Esto es una exageración.

—Te lo curaré.

—Seguro que hay alguien... que sepa hacer los primeros auxilios en el hotel.

—Todavía no ha llegado...

Leandro sabía que solo tenía que chasquear los dedos para que alguien atendiese a Emily, pero se dijo que no merecía la pena, era solo un corte en un pie. No le importaba hacerlo a él. Nunca le había asustado la sangre, de hecho, en un momento de su vida incluso se había planteado ser médico.

—Muchos trabajadores llegarán solo cuando el hotel esté en pleno funcionamiento. Por el momento, solo están las personas estrictamente necesarias...

Llegaron a la cabaña de Emily, que no había cerrado con llave, así que Leandro empujó la puerta. Durante unos segundos, la oscuridad de la habitación lo desorientó, pero pronto encontró el interruptor y dio la luz sin soltarla.

La cabaña consistía en una habitación grande y un cuarto de baño, y una antesala que servía de salón en la que había unos cómodos sillones, una mesa, una televisión y un escritorio de bambú en el que Emily había dejado el ordenador. También había una pequeña cocina con todo lo necesario para preparar té y café, y una nevera que se rellenaba a diario de agua y refrescos. Encima de dicha nevera había unos pequeños armarios de madera tallada a mano.

En uno de ellos había un botiquín. Leandro dejó a Emily en el sofá del salón y le ordenó que se quedase sentada, y luego fue a la cocina a por el botiquín. También llevó un cuenco con agua y una toalla de mano del cuarto de baño. Al pasar por delante del dormitorio se dio cuenta de que la almohada tenía la marca de la cabeza de Emily y que había unos zapatos tirados en el suelo y ropa en el respaldo de una silla. Al parecer, no era tan ordenada como parecía. Leandro sonrió al ver que había un sujetador colgado del tirador del armario. Era un sujetador blanco, liso, sencillo... el tipo de ropa interior que pegaba con ella.

–Muy bien...

–En serio, Leandro, esto es completamente innecesario. Puedo curármelo yo.

–Es una suerte que no te hayas torcido el tobillo. Tendré que asegurarme de que iluminen mejor los caminos que llevan a las cabañas.

–¿Para los huéspedes imprudentes que hayan bebido demasiado? –preguntó ella en tono demasiado alto.

Era normal que le hubiese cambiado la voz mientras Leandro le quitaba la sandalia y le metía el pie en el agua caliente. Estaba temblando. ¿Quién le habría dicho que unas manos tan grandes podían ser tan suaves y cuidadosas? ¿Cómo serían sus caricias en el resto del cuerpo?

Emily tuvo que contener un gemido.

¿Cómo había terminado así? Iba a casarse con un hombre por razones equivocadas, y se sentía atraída por otro que ni siquiera sabía el significado de la palabra «compromiso».

Aunque nunca diese falsas esperanzas a ninguna mujer, ni hiciese promesas que no pudiese cumplir...

Recordó las palabras de Leandro e intentó apartarlas de su mente.

–¿Alguna vez has sido... imprudente? –le preguntó él en voz baja–. ¿Has bebido demasiado? ¿Has dicho... o hecho... cosas que no deberías... de las que te hayas arrepentido al día siguiente?

La miró fijamente antes de apartar la vista y Emily se ruborizó.

–No que yo recuerde –respondió, incómoda.

Leandro se sentó sobre los talones sin soltarle el pie.

–¿De verdad? –le preguntó él, tomándose su tiempo para curarle la herida del pie.

Emily tenía los tobillos delgados y unos pies muy bonitos.

–Siempre he sido una persona muy cauta. No sé si mañana voy a poder ir a conocer la isla contigo, Leandro. A lo mejor no puedo caminar...

–¿Siempre?

–¿Qué? –preguntó ella, temporalmente confundida.

–Has dicho que siempre has sido muy cauta...

Leandro se sentó y estudió el vendaje que le había puesto con satisfacción.

Luego se incorporó y, antes de que a Emily le diese tiempo a protestar, se sentó a su lado en el sofá, demasiado cerca para su gusto.

–¿No eres muy joven para ser siempre tan cauta?

–No me gusta correr riesgos, eso es todo –replicó ella, poniéndose a la defensiva.

Leandro se preguntó si ese sería el motivo de su compromiso. ¿Habría decidido apostar por algo seguro? ¿Por alguien que no la volviese loca porque eso habría sido correr un riesgo, y no le gustaba correr riesgos? ¿Por eso no quería hablar de un acontecimiento de su vida que debía haber hecho que diese gritos de contenta?

Recordó haber notado que Emily lo miraba con interés...

Intentó ordenar toda la información que tenía en la cabeza.

Emily no quería al hombre con el que iba a casarse. Cuando hablaba de él, lo hacía con reticencia y cautela. Tal vez le gustase, pero debía verlo solo como un paquete de rescate, porque le daba miedo llegar a la treintena sin pareja y él era una apuesta segura. Probablemente, un amigo de la niñez. El pobre debía de estar enamoradísimo de ella, mientras que Emily debía de pensar que era mejor eso que nada.

La idea de que pudiese sentirse atraída por él despertó en Leandro su parte más primitiva.

—No creo que debas privarte de un día de relax por el pie —murmuró, sonriendo lentamente—. He limpiado la sangre y solo tienes un corte superficial. De hecho, no hacía falta ni venda, aunque, dado que eres tan cauta, estarás de acuerdo conmigo en que más vale prevenir que curar...

—No tiene nada de malo ser cauta —se justificó Emily—. Tú también lo eres en el trabajo...

—Pero solo en el trabajo.

—¿Sí? Yo pensé que también tenías mucho cuidado a la hora de no comprometerte con ninguna mujer —replicó ella en tono áspero.

—*Touché* —dijo él—. Aunque no estoy seguro de que la comparación sea válida.

—¿A qué hora quieres que salgamos de excursión? —le preguntó Emily sin atreverse a mirarlo a los ojos—. Si es que me encuentro bien.

—Estarás bien —le aseguró él, poniéndose en pie y acercándose a la ventana para mirar hacia afuera antes de volverse hacia ella—. Le pediré a Antoine que nos prepare un picnic...

—¿De verdad piensas que será necesario? Podríamos volver al hotel...

–Pasaremos todo el día fuera, Emily –le respondió él en tono amable–. Y volveremos por la tarde. La isla es pequeña, pero no tenemos prisa, ¿no? Y... evita ponerte ropa incómoda. Lleva bañador, toalla, protección solar... No vas a necesitar nada más...

Capítulo 5

EMILY no recordaba la última vez que había estado de vacaciones, de ningún tipo, desde la época en la que había tenido la ilusión de formar parte de una familia feliz. Cuando sus padres la habían llevado a caros viajes por el extranjero. Esas vacaciones no contaban. Y desde que era adulta... no había tenido la oportunidad, ni el dinero ni el tiempo... y ni siquiera ganas.

En esos momentos, delante del espejo, estudió a la chica que la miraba desde el otro lado y se puso nerviosa al darse cuenta de que tenía ganas de vacaciones. El calor, el olor salado del mar, el sonido ininterrumpido de las olas golpeando la costa, el ambiente sereno e íntimo de la isla...

En ocasiones, le resultaba difícil volver a la realidad. Estaba allí por trabajo, porque había dimitido y su jefe no confiaba en ella, o porque quería demostrarle que seguía mandando.

Y entonces se acordaba de por qué había dimitido. Porque su vida estaba a punto de cambiar. Porque iba a casarse. Con Oliver. Por motivos complejos, cínicos, que hacían que se sintiese muy triste. Aunque siempre que su mente empezaba a llevarla por aquellos derroteros, era capaz de apartarse del abismo.

Salvo en esos momentos, en aquel lugar, con las ventanas de la cabaña abiertas de par en par. De repente, no pudo evitar sentirse insatisfecha y melancólica con su vida. Jamás volvería a sentirse así de emocionada porque iba a ir de excursión. Con un hombre que...

Le dio la espalda al espejo y metió la toalla, la crema solar, una camiseta de tirantes y unos pantalones cortos, el libro que estaba leyendo y un sombrero en la bolsa de playa que había comprado en la tienda del hotel.

Su pie estaba completamente bien, se había quitado la venda y la había reemplazado por una tirita. Le resultó extraño dejar allí el ordenador, encima del escritorio. Hasta el momento, lo había llevado con ella a todas partes y había tenido la sensación de que lo servía de escudo para protegerse de Leandro.

Se había puesto el bañador, unos pantalones cortos y una camiseta y se sentía como una adolescente, en vez de sentirse molesta y preocupada por tener que pasar el día con su jefe.

Había desayunado en la habitación y vio a Leandro nada más llegar a la recepción del hotel. Todo el mundo parecía nervioso con la llegada de la prensa y el personal del hotel, que hasta entonces había ido

vestido de manera desenfadada, lucía unos impeca-
bles uniformes de color blanco y verde.

A Emily le dio un vuelco el corazón al ver a
Leandro. Después de haber trabajado tanto tiempo
para él, de haber pasado tanto tiempo en su compañía, no entendía que hubiese pensado que era inmune a él. Al parecer, no lo era.

Respiró hondo y se acercó con paso firme a él y
al grupo de trabajadores que lo rodeaban, que
pronto echaron a andar en diferentes direcciones.

—Están entusiasmados con todo esto, ¿no? —le
preguntó en tono educado.

—Es normal —respondió Leandro estudiando con
la mirada su pelo largo y claro, las piernas esbeltas
y el sensual cuerpo.

Emily parecía mucho más joven sin el traje, sin
maquillaje y con el pelo suelto.

—Supongo que sí —comentó ella riendo e intentando apartar la mirada de Leandro, que estaba muy
guapo con un polo azul claro y pantalones cortos—.
¿Cuánto tiempo van a estar aquí las cámaras?

—Un día. Supongo que vamos a perdérnoslo.
Salvo que quieras que te fotografíen.

—¡Por supuesto que no!

—¿Por qué no? —le preguntó él—. ¿No te gustan
las cámaras? Si seguro que eres muy fotogénica...

Emily se ruborizó y se preguntó si Leandro acababa de hacerle un cumplido. Después se reprendió
a sí misma por tener demasiada imaginación. Él era
así. Innatamente encantador. Ese era el motivo por

el que las mujeres lo encontraban tan atractivo. El motivo por el que...

Prefirió no seguir pensando en aquello y lo siguió hacia el pequeño coche que los estaba esperando. Leandro dejó su bolsa de la playa en el asiento trasero, donde ya había una cesta de picnic y una nevera en la que Emily supuso que habría bebidas.

—¿Sabes conducir esta cosa? —le preguntó.

—Si soy capaz de pilotar un avión, seguro que puedo conducir esta lata con motor. Además, casi no hay tráfico en la isla, y tienes mi palabra de que te protegeré como si mi vida dependiese de ello.

Emily volvió a sentir algo, algo que hizo que tuviese calor y se pusiese nerviosa.

—Supongo que llevarás crema solar —añadió él, poniendo el coche en marcha—. Tu piel parece muy sensible.

—Sí, no te preocupes.

—Ya te has quemado un poco la nariz.

Ella se tocó instintivamente la nariz y mantuvo la vista clavada al frente.

—Bueno, cuéntame qué te parece el hotel, si estás disfrutando de la estancia...

Leandro era consciente de las reacciones de Emily ante sus comentarios. Unas reacciones que siempre habían estado ahí, pero que Emily había ocultado hasta entonces.

Era evidente que le gustaba a pesar de ir a casarse con otro. Y esto avivaba todavía más su curiosidad y hacía que estuviese decidido a descifrar el enigma.

Tal vez incluso podía hacerle un favor y evitar que fuese infeliz demostrándole que, si se sentía atraída por otros hombres, en concreto, por él, casarse por desesperación no era la solución.

—Es el lugar más bonito en el que he estado en toda mi vida —le respondió ella con sinceridad—. El paisaje es precioso. Me preguntó si la isla seguirá siendo así de virgen cuando empiece a conocerse.

—El ministro de turismo de aquí parece ser un tipo con criterio, consciente de lo importante que es mantener el sabor de la isla. Explotarla demasiado sería casi más dañino que una guerra civil, y él lo sabe.

—Tuviste mucha suerte de ser el primero en poner el pie aquí...

—Yo diría que fue una cuestión de astucia, más que de suerte.

La miró y vio cómo Emily respiraba hondo mientras intentaba evitar que el pelo se le pusiese en la cara. La pequeña carretera estaba bordeada de palmeras y avanzaba paralela al mar. El cielo estaba completamente azul, sin una sola nube. Y la brisa marina hacía que la temperatura fuese perfecta. Leandro había escogido muy cuidadosamente la localización de su hotel.

—¿Siempre has sido así?

—¿Cómo? —preguntó Leandro, arqueando las cejas.

—¿Tan astuto en los negocios?

–No, pero aprendí a trabajar duro de mi padre y siempre supe que una educación cara no es un derecho, sino un privilegio que se debe aprovechar bien. ¿Y tú, Emily? ¿Siempre soñaste con ser secretaria?

–Lo dices como si fuese algo de lo que debiera... avergonzarme –replicó ella, fulminándolo con la mirada.

–Todo lo contrario. Detrás de un buen hombre de negocios siempre hay una secretaria pendiente de que el engranaje funcione.

–Quería ser veterinaria –confesó Emily.

–Veterinaria... –murmuró él–. No tiene nada que ver con ser secretaria. Hay que estudiar más...

–¿Y no me crees lo suficientemente inteligente para haberlo hecho?

–En absoluto. Llevo casi dos años trabajando contigo y sé lo lista que eres.

–¿Por qué tu actitud me parece de superioridad? –dijo ella riendo–. Cómo huele a mar. Es increíble. Mira allí, entre esos árboles, ¿ves un camino? Allí es adonde vamos.

–¿Y cómo has conocido este lugar?

–El gerente del hotel es toda una fuente de información y me ha indicado dónde están las mejores playas de la isla.

Salió de la carretera y detuvo el coche.

Tal vez no estuviese de vacaciones, pero Emily sintió que, por primera vez en mucho tiempo, había dejado de estar estresada.

Anduvieron por el pequeño camino, que transcurría entre la vegetación, y fueron a dar a una playa de arena blanca y muy fina, con forma de media luna, donde el mar estaba tranquilo y era de un azul turquesa brillante.

Emily miró a lo lejos y se sintió libre, libre de preocupaciones. Y pensó que se le había olvidado lo que era sentirse así. Saboreó la sensación, sabiendo que duraría muy poco.

Cuando se giró, vio que Leandro había extendido una manta muy grande en la arena y se había quedado en bañador. Verlo con el pecho desnudo le resultó todavía más impresionante que el paisaje.

Era la fantasía de cualquier mujer hecha realidad. Tenía los hombros anchos y fuertes, el vientre plano como una tabla y una suave capa de vello que resultaba agresivamente masculina.

Emily se dio cuenta de que le estaba costando trabajo respirar y, en un desesperado intento de ocultar su vergonzosa reacción, se puso a buscar las gafas de sol en la bolsa.

–¿Supongo que no irás a pasarte el día en pantalones cortos y camiseta?

Él había dejado la ropa encima de la manta, junto a los zapatos. Emily pensó que hasta tenía los pies muy sexys. ¿Cómo era posible?

–No se me da bien nadar.

–No te preocupes. Estoy contigo. No dejaré que se te lleve la resaca...

–Veo que eres un hombre con muchos talentos –comentó ella, incómoda–. Sabes pilotar aviones, conducir coches pequeños y cruzar a nado el Canal de la Mancha.

–Bueno, tanto como cruzar el Canal de la Mancha...

Luego ladeó la cabeza y esperó. Esperó a que se desnudase.

Aunque llevaba un bañador tan casto como el hábito de una monja. Negro y de una sola pieza. No obstante, Emily se quitó la ropa como si le diese vergüenza y lo dejó todo en la manta sin mirarlo ni una sola vez.

–No sabía que íbamos a quedarnos en un solo sitio –comentó–, pensé que habías dicho que íbamos a explorar la isla.

–Y vamos a hacerlo –le respondió él, echando a andar hacia el agua–, pero tenía tanto calor que he pensado que estaría bien empezar el día con un baño, para refrescarnos. ¿Vienes?

Ella lo miró y dudó, Leandro se metió en el agua y empezó a nadar hasta que se convirtió en una pequeña mancha en el horizonte.

Solo entonces, avanzó Emily con cautela.

Pero el agua era poco profunda y muy clara, y estaba sorprendentemente caliente. Incapaz de resistirse a la tentación, se hundió en ella. No recordaba la última vez que había estado en una piscina, y mucho menos en el mar, y aunque sabía nadar bien, le reconfortó notar la arena bajo los pies. Subió a la superficie y se tumbó boca arriba con los ojos cerrados y los brazos extendidos.

No se dio cuenta de que Leandro se había acercado a ella hasta que notó sus brazos, su cuerpo, y entonces volvió bruscamente a la realidad. Intentó apoyar los pies en el suelo, pero al parecer la corriente la había alejado algo más de la costa y no llegaba. Se sacudió nerviosa al darse cuenta de que no hacía pie y de la proximidad de Leandro, y este la agarró con más fuerza.

—¡Te tengo!

—¡Pues suéltame! ¡Inmediatamente! —le pidió ella, intentando apartarlo, cosa que le resultó imposible.

—Agárrate a mi cuello, Emily, nadaremos juntos hasta la orilla.

—¡Puedo volver nadando yo sola!

Lo empujó con más fuerza y se puso a nadar hacia la playa de manera frenética.

Luego salió del agua enfadada. Leandro la siguió. No le hizo falta girarse a comprobarlo, estaba segura.

—No me gusta que me... que me... —balbució enfadada cuando por fin se giró hacia él.

—¿Que te...? —repitió él.

Leandro se sentó, se puso las gafas de sol y luego se tumbó en la manta con las piernas cruzadas. Parecía estar muy cómodo, y completamente ajeno a su ira.

Emily lo miró y supo que estaba exagerando. Le

había dicho que no sabía nadar bien y Leandro había querido ayudarla.

—Siento que hayas pensado que no iba a poder volver sola —le dijo—. Y te agradezco que hayas intentado salvarme, pero sé nadar, Leandro.

Deseó poder ver sus ojos y descifrar así su reacción, pero las gafas de sol se la ocultaban.

—¿Por qué no te tumbas y te recuperas?

Leandro tocó el trozo de manta que había a su lado sin mirarla y Emily estudió su mano con cautela.

—Y no te olvides de ponerte protección solar. Yo puedo pasar sin ella porque soy moreno, pero...

—¿No quieres que tu secretaria tenga que quedarse en casa en vez de ir a trabajar porque se ha quemado con el sol?

Leandro se levantó las gafas y la miró.

—Llevo año y medio preguntándome qué tienes en la cabeza. Y ahora me doy cuenta de que pensabas lo peor de mí. Si no quieres protegerte del sol, no lo hagas.

Volvió a ponerse las gafas y se cruzó de brazos.

—¿Has estado en todas las playas de la isla? —preguntó Emily, retomando la conversación en tono conciliador.

Sin tener que mirarlo, y solo con el cielo como testigo de su nerviosismo, Emily se sintió un poco más cómoda.

—Supongo que debiste de informarte bastante acerca de la isla antes de decidir invertir en este proyecto...

–¿Por qué decidiste convertirte en secretaria, en vez de hacerte veterinaria, si tus notas eran buenas?

–¿Perdona?

–Visité la isla una vez, poco antes de que tú empezases a trabajar para mí. Me aseguré de que todo estaba en orden y luego delegué. Así que, no, no conozco todas las playas de la isla. Ya he contestado a tu pregunta. Ahora, responde tú a la mía. ¿Por qué sentarte frente a un ordenador cuando podrías trabajar al aire libre, ocupándote de animales enfermos?

A Leandro no le hizo falta mirarla. Supo que Emily se sentía confundida, que no quería continuar con aquella conversación. Cerró los ojos detrás de las gafas de sol y guardó silencio.

Luego se tumbó de lado y la miró fijamente.

–Y no se te ocurra intentar cambiar de conversación...

Emily se mantuvo inmóvil, pero supo que Leandro seguía mirándola. No iba a dejarla tranquila. Tal vez estuviese aburrido... y ese fuese el motivo por el que sentía una curiosidad por ella que no se había evidenciado hasta entonces.

Si hubiese estado en Londres, lo más probable era que Leandro hubiese pasado el fin de semana en compañía de su última conquista. Quizás, como no tenía nada mejor que hacer, quería divertirse un poco con ella.

–No sé por qué te interesan las decisiones que tomé en el pasado, Leandro –dijo, echándose a reír.

–A lo mejor te parece que estoy loco, pero algunas personas somos así. Nos interesa el pasado de otras...

En realidad, no era cierto. Nunca había sentido demasiada curiosidad por el pasado de ninguna de sus novias. Tal vez porque estas habían insistido en contárselo de todos modos...

–Era demasiado caro –admitió Emily.

–¿Demasiado caro?

–Eso es.

Nerviosa, se sentó y se abrazó las rodillas.

Leandro se sentó también y ambos se quedaron mirando hacia el brillante mar.

–Supongo que no sabrás lo que es tener que tomar una decisión porque no tienes suficiente dinero en el banco, pero hay a quien le ocurre.

Aunque Emily se dijo que no tenía por qué haber sido así. Tenía que haber podido cumplir su sueño, pero había tenido que recurrir al plan B.

–¿Tu familia no pudo ayudarte?

–No quiero hablar de mi familia –lo dijo ella en tono frío.

Leandro se preguntó por qué sería aquel un tema tan tabú. Lo mismo que el tema de su matrimonio.

–Entonces, ¿por qué no me hablas de tu novio?

Se giró hacia ella y se quitó las gafas de sol. Luego, alargó la mano y le quitó a Emily las suyas. Sin más. Antes de que le diese tiempo a apartarse.

–Pensé que ya habíamos hablado de ese tema.

Emily se puso en pie y se puso la camiseta antes

de echar a andar hacia el mar, no se detuvo hasta que el agua caliente le mojó los pies.

Era evidente que aquella situación era peligrosa y, no obstante, se sentía tan... tan viva.

—¿Ya hemos hablado de él? —murmuró Leandro.

Estaba justo detrás de ella. La brisa hizo que el pelo de Emily lo tocase y deseó alargar las manos y quitarle la goma que se lo sujetaba.

—¿Has hablado con él desde que estamos aquí?

—Eso no es asunto tuyo —balbució Emily.

—¿Lo echas mucho de menos?

—¿Cómo te atreves a preguntarme eso? —inquirió ella, girándose a mirarlo y arrepintiéndose al instante porque tenía muy cerca su imponente pecho desnudo—. ¿Y... y... por qué no te pones una camiseta?

—¿Por qué? ¿Te molesta verme así?

—¡Por supuesto que no!

—Entonces, ¿por qué quieres que me ponga una camiseta? Hace calor.

—Deberíamos continuar con la excursión —añadió Emily nerviosa—. A este paso, no nos va a dar tiempo a recorrer la isla.

—La isla es muy pequeña, te lo aseguro. Podemos quedarnos aquí otra hora y todavía nos daría tiempo a recorrerla dos veces antes de que anocheciese. El motivo por el que te he preguntado si suspiras por tu amor verdadero es porque pienso que no es así.

—¿Perdona?

—Ya me has oído, Emily. No lo has mencionado ni una vez desde que hemos llegado aquí.

—No me gusta hablar de mi vida privada. Y lo sabes.

—¿Por qué cuando el gerente del hotel, Nigel Sabga, te ha preguntado que si estabas casada le has contestado que no creías en el matrimonio?

—¿Estabas escuchando nuestra conversación?

—Supongo que no me viste. Estaba probando algunos vinos detrás de un biombo, en el salón.

Leandro la miró fijamente y a Emily empezaron a arderle las mejillas.

—Así que... es un comentario chocante, ¿no crees? Para alguien que está a punto de casarse con el amor de su vida. Aunque sigo pensando que no es el amor de tu vida.

—No tienes ni idea de lo que estás diciendo, y no tienes ningún derecho a... a...

—¡Por supuesto que no! —admitió Leandro, encogiéndose de hombros—, pero pronto dejarás de trabajar para mí. ¿Por qué vas a casarte con él, si no crees en el matrimonio? ¿Tienes miedo a terminar sola? No te preocupes, todavía eres joven...

—No me asusta terminar sola —replicó Emily—. ¿Por qué iba a ser así?

—La verdad es que no sé lo que opinas del tema. El caso es que vas a casarte con un hombre al que no amas, y yo creo que no es un matrimonio que esté basado tampoco en otros criterios importantes...

—No sé de qué estás hablando, Leandro.

La cautela y el sentido común instaron a Emily a hacer algo, cualquier cosa menos quedarse allí, como una mosca atrapada en una tela de araña, pero su mente se negó a obedecer.

—¿A qué otros criterios importantes te refieres?

Tardó unos segundos en entenderlo, pero acabó dándose cuenta de que Leandro se refería al sexo. ¿A qué si no?

Echó a andar por la playa y cuando miró hacia atrás con disimulo vio que Leandro había vuelto a tumbarse en la manta y tenía los brazos cruzados debajo de la cabeza y las gafas otra vez puestas. Parecía muy relajado.

Emily apretó los labios y continuó alejándose de él. Si la playa hubiese sido más larga, habría desaparecido y lo habría dejado solo, pero después de diez minutos se vio obligada a dar la vuelta. Leandro no se había movido.

—¿Qué querías decir? —le preguntó al llegar a su lado.

Leandro se quitó las gafas y la miró.

—¿Qué?

Adiós a la mujer fría y controlada que había realizado sus tareas sin dejar entrever ni un atisbo de lo que pasaba por su cabeza. Había pasado de ser una estatua a convertirse en una mujer, una mujer apasionada y compleja, capaz de tener cautivado a un hombre para el resto de su vida.

—Que no sé por qué has hecho ese comentario. ¡No sabes nada de mi relación con Oliver!

—No me hace falta —le respondió él.

Volvió a ponerse las gafas de sol, ocultando así

sus ojos, y Emily se puso furiosa al darse cuenta de que parecía estar a punto de quedarse dormido bajo el sol tropical.

—¿Y a qué viene eso? —inquirió molesta, dándole en el costado con la punta del pie.

Él se lo agarró antes de que le diese tiempo a apartarlo.

—Yo evitaría hacer eso —le advirtió, quitándose las gafas y colocándoselas en la cabeza.

—¿Por qué?

—Porque, si me tocas, a lo mejor empiezo a tocarte yo también a ti...

A Emily se le aceleró el corazón y notó calor en la cara.

—Y a eso es precisamente a lo que me refiero —continuó Leandro.

Ella lo miró en silencio. No quería que continuase hablando. No quería oír lo que tenía que decirle acerca de un tema del que no quería hablar, pero se sintió como un conejo, inmóvil ante los faros de un coche que avanzaba inexorablemente hacia él.

—Veo que estás empezando a entenderlo...

Leandro se sentó y la agarró de la muñeca para hacer que se sentase a su lado. Ella lo fulminó con la mirada.

—Se ha levantado la liebre, Emily. Ya no eres la secretaria que se escondía detrás de una imagen insulsa y que fingía no tener vida privada.

La tenía tan cerca que pudo sentir su atracción,

una atracción que Emily estaba desesperada por ocultar.

—Estás prometida y vas a casarte con un hombre por el que sientes... ¿el qué exactamente? Es evidente que no es amor y, con toda sinceridad, pienso que tampoco es atracción física. ¿Y sabes cómo he llegado a esa conclusión?

Pasó un dedo por su mejilla, en un gesto que resultó sorprendentemente íntimo, y Emily retrocedió con brusquedad.

—Te lo acabo de demostrar. He llegado a esa conclusión, mi querida secretaria, porque te sientes atraída por mí...

Capítulo 6

EMILY no tenía ningunas ganas de enfrentarse a lo que la esperaba aquella noche.

«Mi querida secretaria... te sientes atraída por mí». Recordaba el tono divertido en el que Leandro le había dicho aquellas palabras, el modo en que sus ojos oscuros se habían clavado en los de ella un instante, antes de tocar con ellos el resto de su cuerpo y hacerla sentir como si fuese a arder en llamas.

Como era evidente, ella lo había negado contundentemente y había puesto expresión de desdén. Le había recordado a Leandro que había sido su secretaria durante casi dos años, y que cómo era posible que, después de ese tiempo, hubiese llegado entonces a aquella ridícula conclusión. También le había informado en tono frío de que el calor debía de haberle afectado a la cabeza.

Luego se había refugiado en el mar y había nadado hasta que se había dado cuenta de que, si no volvía a la costa, era posible que Leandro hiciese una locura, como intentar volver a rescatarla.

Leandro había dejado en evidencia la fuerte atracción que sentía por él y, a pesar de que después había dejado pasar el tema, Emily sabía que no había cambiado de opinión.

Después de todo aquello, no había podido disfrutar del resto de la excursión.

Había estado demasiado ocupada pensando en lo que Leandro le había dicho y en las múltiples maneras en las que podría hacerle el resto de la estancia en la isla muy incómoda.

Emily estaba deseando volver a la seguridad del despacho de Londres. Deseó haber podido evitar aquel viaje inventándose alguna excusa.

Pero no lo había hecho...

Se miró al espejo y vio, a pesar de todas sus preocupaciones, la imagen de una joven relajada que no tenía nada que ver con la inexpresiva y profesional secretaria que había sido.

Se había puesto morena a pesar de la protección solar y se le había aclarado el pelo. Obligada a vestir ropa de verano, enseñaba más carne que en toda su vida.

Tenía que haber estado pensando en el hombre que la esperaba en Inglaterra, pero, en su lugar, estaba luchando contra unas emociones que no tenían cabida en su vida, y temiéndose que aquellas emociones cobrasen vida propia y empezasen a exigir una atención que no podía dedicarles.

Tendría que volver a hablar del tema, le gustase o no, y despacharlo con una versión de la verdad para conseguir que las cosas volviesen a la normalidad. O que fuesen todo lo normales que podían ser mientras estuviesen allí atrapados en el Paraíso.

Salió de su habitación lo más tarde posible para cenar con Leandro. La grabación había terminado y sabía que Leandro había tenido que dar una entrevista. Lo último que quería Emily era salir ella también en la televisión. Sabía que los periodistas iban a hacer noche en el hotel, pero les habían preparado una cena en un barco.

Cuando llegó al edificio principal, casi una hora tarde, vio a Leandro en el bar, tomándose una copa. Respiró hondo y se acercó a él con paso decidido.

–¿Te estás haciendo de rogar? –le preguntó Leandro al verla llegar.

Emily todavía no se había acostumbrado a verlo sin traje ni al impacto que le causaba ver al descubierto sus brazos morenos, sus musculosas piernas y un triángulo de pecho bajo la camisa desabrochada.

Por suerte, esa noche llevaba pantalones largos, un anodino polo azul marino y unos mocasines sin calcetines.

–Me he quedado dormida y cuando me he despertado era ya tarde –mintió.

–Te has puesto morena –comentó Leandro, antes de pedir una botella de vino a un camarero–. He pensado que estaría bien que probásemos algo diferente esta noche. Vamos a ir a uno de los restaurantes del pueblo.

–Prefiero quedarme aquí –dijo ella enseguida, porque no quería pasar más tiempo con él a solas–. Estoy demasiado cansada para salir...

–¿A pesar de la siesta?

Estaba maravillado con el cambio que había sufrido Emily al alejarse de los grises cielos londinenses y del despacho. Había abandonado los severos moños y en esos momentos llevaba una desenfadada trenza. Iba sin maquillaje ni joyas, y aun así estaba elegante y más atractiva que muchas de las mujeres con las que había salido a lo largo de los años.

Llevaba un vestido de flores bastante recatado, pero que, no obstante, despertaba su imaginación.

¡Y eso, sin pensar en que la había visto en traje de baño! Tenía las piernas muy largas y la gracia de una bailarina...

Leandro notó que se excitaba e hizo un esfuerzo por controlarse.

–El sol me agota –le dijo Emily–. Creo que, si viviese aquí, me pasaría la mitad del tiempo en la cama.

–Muy interesante.

Sus miradas se cruzaron un instante, hasta que Emily apartó la suya y se ruborizó. Le molestó hacerlo y demostrarle a Leandro que era cierto que se sentía atraída por él. Una mujer indiferente no se habría ruborizado con aquel comentario.

Con su jefe anterior, un tipo paternal de unos sesenta años, no habría tenido que intentar luchar contra el calor que sentía en las mejillas ni habría mirado al camarero con la desesperación de un náufrago buscando un chaleco salvavidas en alta mar.

–¿Qué tal la entrevista?

–Te has perdido la fiesta posterior –respondió él en tono seco–. La casa ha pagado unas copas y casi tenemos que anular la cena en el barco. Le he pedido al capitán que vigilen en todo momento a los periodistas. No quiero que se caiga ninguno por la borda mientras nosotros cenamos.

Emily sonrió muy a su pesar e hizo girar la copa de vino que tenía en la mano.

Cuando les llevaron los entrantes ya habían terminado de hablar del rodaje y habían pasado a comentar el efecto que la emisión tendría en el negocio y el efecto que tenía el turismo en lugares remotos como aquel.

Y a pesar de estar hablando de temas serios, Emily no pudo evitar ser consciente de la atracción que sentía por Leandro.

Sin querer, se fijó en cómo iba cambiando su expresión según hablaba, en cómo movía las manos y se llevaba la copa de vino a los labios, en el modo en el que apoyaba la espalda en la silla, en cómo sonreía e inclinaba la cabeza hacia un lado mientras la escuchaba...

Leandro estaba empezando a cansarse de hablar de trabajo. Había muchas otras cosas de las que quería hablar.

–Me gustaría contarte algo –empezó Emily incómoda cuando les retiraron el plato de entrantes y se hizo un breve silencio entre ambos.

–Soy todo oídos –le dijo él, echándose hacia delante y mirándola fijamente–. Aunque, si se trata de alguna noticia internacional, tal vez no sea capaz de mantener la atención...

–Siempre es interesante hablar de las cosas que suceden en el mundo –respondió ella.

Miró su copa de vino y se dio cuenta, sorprendida, de que estaba vacía. Leandro, que había seguido su mirada, no tardó en rellenársela.

–No debería –murmuró ella.

–¿Te da miedo volver a tropezar? Yo encantado de acudir al rescate... como la última vez...

El tono de su voz era sensual, aunque su expresión fuese seria.

–No tengo tiempo para príncipes azules –replicó Emily, pero no fue capaz de mirarlo a los ojos y, en su lugar, clavó la vista en los arreglos florales que había encima de la barra del bar–. Y a mí sí que me gusta, hablar de acontecimientos internacionales. Aunque veo que no es el tema de conversación que a ti te gusta tener con el sexo contrario.

–Supongo que no he salido con muchas mujeres que supiesen lo que estaba pasando más allá de sus narices –admitió Leandro en tono divertido–. Entonces, ¿lo que quieres decir es que ese novio tuyo no es tu príncipe azul?

–Entiendo que sientas curiosidad por mi... situación... –balbució Emily–. Sé que piensas que debería estar más emocionada... con todo el tema de la boda...

–Ah... –dijo Leandro–. Es que me ha parecido todo muy repentino.

Por el rabillo del ojo, vio que un camarero les llevaba la comida muy sonriente. No podía ser más inoportuno. Leandro no quería que los interrumpiese en aquel momento de la conversación.

Esperó inquieto a que el camarero les pusiese los platos de pescado, verduras y patatas delante.

–¿Estabas diciendo...? –añadió, intentando retomar la conversación cuando el camarero se alejó.

Emily estaba intentando evitar su mirada y él no podía sentir más curiosidad.

–Oliver y yo nos conocemos de hace mucho tiempo... –empezó Emily, aclarándose la garganta–. Quiero decir, que ha estado trabajando en el extranjero, pero cuando volvió retomamos lo nuestro...

–¿El qué retomasteis? ¿El sexo apasionado?

–No todos vemos el sexo como una respuesta a todo.

–Siento curiosidad por saber por qué estás con ese tipo.

–Podría decirse que tenemos un acuerdo –admitió Emily–. Es algo que nos viene bien a los dos. Nos llevamos bien...

–¿Te vas a casar por interés porque te llevas bien con él? Tiene que haber algo más.

–No soy una mujer romántica –añadió Emily con

cierta amargura en la voz–. Me gusta... la seguridad...

–Explícate mejor.

–No hay nada que explicar, Leandro –le aseguró ella–. Soy tu secretaria. No tengo por qué responder a tus preguntas, pero lo estoy haciendo porque sé que sientes curiosidad y te conozco. No te darás por vencido y estamos aquí atrapados...

Emily se concentró en la comida que tenía en el plato y supo que Leandro la miraba fijamente y que intentaba leerle el pensamiento.

–¿Y qué vamos a hacer con respecto a esta situación? –le preguntó él.

–Vamos a continuar trabajando como de costumbre hasta que me marche. Yo intentaré encontrar y formar a la persona que vaya a reemplazarme antes de irme, pero, si no encuentro a nadie que te satisfaga, me marcharé igualmente.

–¡Cómo no! –dijo él–. Vamos a dar un paseo por la playa.

–¿Qué?

–Hace una noche maravillosa. ¿Oyes a los insectos por encima del sonido del mar?

Dejó que Emily escuchase.

–¿Un... paseo? –balbució ella.

–O un baño en el mar. Nadar por la noche es algo muy especial.

–Con el paseo será suficiente.

Quince minutos más tarde, en la playa, Emily se preguntó cómo había podido convencerla Leandro de ir allí con él. Soplaba una ligera brisa, pero hacía calor. El cielo estaba despejado y brillaban las estrellas.

Leandro se había remangado los pantalones y se había quitado los zapatos junto a las rocas que daban a los jardines del hotel.

—Deberías quitarte las sandalias —le sugirió a Emily, girándose a mirarla—. No hay nada peor que tener arena en los zapatos. Es muy incómodo.

Ella se descalzó a regañadientes y tomó ambas sandalias con una mano. Leandro se las quitó y las tiró hacia donde había dejado sus propios zapatos.

—No te preocupes por ellas y disfruta de la sensación de pisar la arena descalza.

La playa del hotel era extensa y virgen, y estaba bordeada de palmeras que daban al entorno un aire extrañamente íntimo.

Nerviosa, Emily se puso a hablar acerca de una noticia que había leído en Internet sobre algo que estaba ocurriendo en Inglaterra. Era una historia acerca de dos personas famosas que habían discutido y habían terminado a puñetazos.

Después se quedó en silencio y, al mirar a su lado, se dio cuenta de que Leandro no estaba allí.

Divertida por la situación, se giró y lo miró. Estaba inmóvil, con los brazos cruzados. Emily no pudo descifrar su expresión en la oscuridad.

—Y...

—¿Y? —preguntó ella, estremeciéndose.

Se acercó despacio adonde estaba él y se detuvo justo enfrente.

–¿Qué vamos a hacer con... nuestra situación?

–¿A qué situación te refieres?

–Sabes muy bien de qué estoy hablando, mi querida secretaria.

La brisa le puso un mechón de pelo en la cara y Leandro se lo apartó y dejó la mano allí, junto a su oreja, que acarició tranquilamente.

Era el momento más erótico que Emily había tenido en toda su vida.

Había tenido dos relaciones, si se podía decir que habían sido relaciones, en sus veintisiete años de vida.

La primera con diecinueve años, con un chico que había intentado que le gustase porque sabía que ella le gustaba a él, pero no había habido chispa entre ambos y al final solo habían tenido una amistad que también se había terminado con el tiempo. En esos momentos, no tenía ni idea de qué era de él.

La segunda, cuatro años después, también había sido un desastre. Consciente de que era joven y que no podía pasar el resto de su vida como una monja, había ido a casa del chico en cuestión una noche, después de haber bebido. En aquella ocasión tampoco había habido chispa y también habían terminado siendo amigos.

Y desde entonces... nada.

Salvo lo que tenía que admitir que había sentido por su jefe, por mucho que hubiese intentado evitarlo.

Y allí estaba. Supo que llevaba demasiado tiempo mirándolo fijamente, casi sin respirar.

–¿Tú crees? –balbució.

–Por supuesto que lo sabes –le dijo Leandro.

Entonces bajó la mano y echó a andar. Ella lo siguió, nerviosa, aunque Leandro suponía que, en realidad, lo que quería era volver corriendo a la seguridad del hotel.

–No entiendo por qué vas a casarte –murmuró él–. No te sientes atraída por ese hombre y tampoco lo quieres... Tal vez lo hagas por seguridad, pero, sinceramente, no creo que eso sea motivo suficiente...

–Yo no he dicho que no lo quiera...

–Por supuesto que sí.

–¡Deja de hablar como si supieses lo que tengo en la cabeza!

–Has dicho que habíais llegado a un acuerdo. ¿No es así como lo has llamado?

Así dicho, a Emily le sonó a algo sórdido. Y eso que Leandro no sabía ni la mitad de la historia. ¡Pero no era asunto suyo!

–Los matrimonios de conveniencia no tienen nada de malo –murmuró, impotente–. Son cosas que ocurren. Algunas personas dicen que los matrimonios que más éxito tienen son aquellos basados en decisiones razonadas y prácticas.

–¿Y tú eres una de esas personas?

–Eres un hombre práctico. ¡Estoy segura de que me entiendes! –le dijo ella con desesperación.

¿Cómo habían llegado a aquel punto? Las chicas debían tener sueños, pero ella nunca los había tenido. Al menos, no recordaba haberlos tenido. O tal

vez hiciese tanto tiempo que ya ni recordaba la sensación. No recordaba haber soñado nunca con casarse vestida de blanco, feliz y enamorada.

–Soy práctico, Emily, pero creo en el matrimonio.
Jamás me casaría por interés aunque... sí es cierto
que intentaría escoger bien a mi futura esposa... Intentaría, sobre todo, buscar a alguien que tuviese un
nivel social parecido al mío, porque me parece que
habría más posibilidades de que la relación durase,
pero, a excepción de eso... un matrimonio en el que
no haya ni amor ni buen sexo, es un matrimonio sin
sentido.

–Ya, pero no somos todos iguales, ¿no? –murmuró Emily, apartando la mirada de la de él para
darse la media vuelta y echar a andar por la playa.

Cuanto más se alejaban del hotel, más oscura estaba la playa y todo lo que les rodeaba. La franja de
arena se estrechó al acercarse al final, en el que había un montón de rocas de distintos tamaños y for-
mas.

Emily les dio la espalda y volvió a encontrarse
de frente con Leandro, cuya visión le resultó igualmente amenazadora.

Suspiró con frustración, fue hacia donde estaban
los árboles y se sentó en un tronco caído, mirando
en silencio hacia el mar.

–Creo en el matrimonio porque tengo el ejemplo
de mis padres –le explicó Leandro–. Así que, aunque salga con muchas mujeres, todas saben lo que
hay. Y cuando llegue el momento de casarme, in-

tentaré hacerlo por los motivos adecuados. Lo que no entiendo es que tú no pienses que es posible que dos personas se casen porque creen en el amor...

Emily no respondió a aquello. Si alguien le hubiese dicho dos meses antes... dos semanas antes... que iba a estar sentada en una playa, teniendo aquella conversación con su jefe, no se lo habría podido creer.

—Ahora que lo pienso, no sé nada de ti, de tu familia —comentó Leandro, pasándose las manos por el pelo.

—Hablarte de mi familia no formaba parte de mi trabajo —le dijo ella.

—Y has sido siempre tan eficiente a la hora de mantener tu vida privada fuera del trabajo... Tengo la sensación de que no crees en el matrimonio, ni en los cuentos de hadas y en el amor, por alguna experiencia pasada. O has tenido una relación desastrosa, o tus padres... Dime si me equivoco...

—No tengo que decirte nada —protestó Emily débilmente.

—Ahí es donde te equivocas —la contradijo él.

—¿A qué te refieres?

—Me refiero a la atracción que hay entre nosotros. Y no te molestes en negarlo, Emily. Tal vez haya existido siempre, pero no nos hemos dado cuenta hasta que no hemos llegado aquí...

Miró a su alrededor y Emily supo que no se refería solo a aquella isla paradisiaca, sino al hecho de que estuviesen lejos del despacho, donde siempre se habían comportado de manera estrictamente profesional.

Leandro volvió a mirarla como hipnotizado.

—Y yo tal vez habría intentado contenerlo si hubiese pensado por un instante que estabas realmente enamorada de tu novio, pero no lo estás, y eso explica que te sientas tan atraída por mí como yo por ti... Tal vez lo que tienes con él sea práctico, pero no es suficiente para evitar que haya una química salvaje entre nosotros, ¿verdad?

Emily se estremeció al oír aquello. De repente, le costó trabajo respirar, se le endurecieron los pezones y sintió humedad entre las piernas.

—Mi padre... —empezó, aterrada por la reacción de su cuerpo, consciente de que nunca antes se había sentido así.

—¿Tu padre...?

—Cuando tenía catorce años, me enteré de que le había sido infiel a mi madre... —le contó.

Era una historia que no le había contado a nadie. Se sintió como si intentase ganar tiempo, como si quisiese posponer lo inevitable...

—Lo siento. Supongo que debió de ser muy duro. Los catorce años es una edad muy impresionable.

—Unos estabais pilotando un avión solos y otros... bueno, enfrentándonos a otras cosas... —añadió ella sonriendo.

El amable tono de voz de Leandro la había sorprendido, aunque no era la primera vez que se veía obligada a verlo de manera diferente. No como a un jefe autoritario, sino como a un hombre que podía ser considerado con los habitantes de la isla, preocuparse por sus problemas y ser ambicioso en su nombre.

—Si hubiese sido una infidelidad normal, las cosas habrían sido distintas —añadió Emily, encogiéndose de hombros.

Creía haber superado el pasado, pero en esos momentos se dio cuenta de que no lo había hecho.

Leandro la escuchó con la cabeza ladeada. Nunca había querido que las mujeres con las que salía le contasen sus secretos, siempre había pensado que era una puerta que no quería abrir, que prefería mantener cerrada hasta que encontrase a la mujer adecuada, pero aquella mujer había sido todo menos un libro abierto durante los casi dos últimos años, y el hecho de que en esos momentos se estuviese abriendo a él... lo excitaba demasiado.

—Quiero decir que muchos niños ven a sus padres discutir y pelear y, cuando se divorcian, están preparados. Mis padres nunca discutían. Parecían una pareja modélica. Mi padre siempre había sido muy atento, así que la noticia fue como un jarro de agua fría. Fue justo después de Navidad, a principios de enero. A mi madre se le metió en la cabeza hacer una limpieza a fondo de la casa. Mi padre no estaba y ella pensó en limpiar también su despacho.

Emily tuvo que contener las lágrimas al recordarlo.

—Recuerdo que estaba cantando una canción que

sonaba en la radio y, entonces, se hizo el silencio...
Después de varios minutos sin oírla cantar, me asomé
y la vi hecha un ovillo en el suelo, llorando. Estaba
rodeada de fotografías. Fotografías de una joven tai-
landesa. En ellas también aparecían mi padre y un
niño pequeño. En resumen, que el marido y padre
perfecto tenía una aventura con una chica de Bangkok. La había tenido durante más de cinco años.
Mientras mi madre se quedaba en casa, cuidando de
mí y esperando pacientemente a que él volviese
de sus viajes de trabajo al extranjero, él había llevado
una doble vida. Y cuando todo salió a la luz, tomo mi
mundo se vino abajo.

Apretó con fuerza los labios.

–Mi padre confesó, por supuesto. Y resultó que
no solo tenía un hijo con aquella mujer, sino que, además, estaba embarazada de siete meses. De repente,
mi padre pasó de ser un hombre al que quería y res-
petaba, a convertirse en un extraño que me causaba
repulsión y asco.

–Es... horrible... –admitió Leandro, consciente de
cómo debía de haber afectado a Emily todo aquello.

Ella lo miró y se relajó al ver que había verdadera
preocupación y comprensión en su rostro. Era algo
que no tenía la sensación de haber tenido nunca antes, porque era la primera vez que le contaba aquello
a alguien.

–¿Todavía está vivo...?

–Sí –respondió ella, bajando la vista porque, para
Leandro, la historia se iba a terminar allí.

–¿Y es el motivo por el que llegaste a la conclusión de que no podías fiarte de los hombres?

–Todos aprendemos a veces por las malas –le respondió ella, encogiéndose de hombros–. Yo lo hice tal vez antes, y de manera más dura que la mayoría.

–Por eso vas a casarte con un hombre que no puede hacerte daño porque no sientes nada por él.

Al ver que Emily no respondía, Leandro continuó, cambiando de táctica:

–¿Puedo preguntarte dónde está tu padre ahora?

–No lo sé y no me importa.

Eso sí que era cierto al cien por cien.

–Si te casas con ese tipo, te sentirás como si estuvieses encerrada en una prisión.

–Me da igual lo que pienses.

–No sabes lo que es confiar en alguien por culpa de tu pasado... y estás convencida de que yo no soy de fiar y que utilizo a las mujeres solo para el sexo...

Emily no pudo evitar mirarle los labios y, de repente, se sintió confundida.

–Es cierto que me lo paso bien, pero yo jamás sería capaz de hacer lo que hizo tu padre. Me parece repugnante. Pero también pienso que vas a cometer un error al casarte con un tipo por los motivos equivocados y me preguntó si no quieres, antes de meterte en una vida tan aburrida, vivir un poco, dejarte llevar por la pasión...

Emily se dijo que Leandro no sabía ni la mitad de los motivos por los que iba a casarse con Oliver.

–Jamás tocaría a la mujer de otro hombre –mur-

muró, alargando la mano para acariciarle la mejilla–, pero...

Acercó los labios a los de ella y se olvidó de todo
al notar que Emily le respondía, con cautela al prin-
cipio, y después con más pasión de la esperada.

Leandro se apartó y, respirando con dificultad,
preguntó:

–No eres la mujer de otro hombre, ¿verdad?

Capítulo 7

POR favor...

Emily intentó apartarse, pero sus pies no la obedecieron. Se quedó donde estaba, mirándolo, temblando como un flan, abrazándose con fuerza para intentar ordenar sus errantes pensamientos.

—Por favor... ¿Qué? —le preguntó Leandro en voz baja—. ¿Por favor... hazme tuya aquí mismo? ¿Ahora mismo?

—No —respondió ella, retrocediendo un par de pasos.

—Quieres que lo haga —insistió Leandro, volviendo a acercarse—. Y entiendo el motivo. Vas a casarte con alguien con quien no deberías casarte... Tal vez pienses que estás haciendo lo mejor, pero, te guste o no, te sientes atraída por mí y quieres explorar esa sensación. ¿No es cierto?

—¡Por supuesto que no!

Emily se dio la media vuelta y se acercó al agua. Notó que se le mojaban los pies y se apartó. Leandro se estaba acercando a ella, su actitud era peligrosamente persistente.

Podía acostarse con él. A Oliver no le importaría. De hecho, era probable que le pareciese bien. Podía vivir la experiencia y descubrir cómo era tener sexo con un hombre que la atraía de manera violenta. Sería algo nuevo.

Notó que Leandro apoyaba las manos en sus hombros y se puso tensa.

De repente, se sintió confundida. El amor era una ilusión, algo en lo que jamás creería y que jamás podría tener, pero el deseo...

Acababa de darse cuenta de que era tan real como el océano que se extendía delante de ella.

Notó los labios de Leandro en el cuello y se estremeció porque era algo inesperado. Su cuerpo se apoyó en el de él y lo oyó gemir con suavidad.

–Tú también quieres –murmuró Leandro, que no podía desearla más–. Los dos queremos, pero después no quiero que te sientas culpable. Estamos los dos solos, tú y yo... haciendo lo que nuestros cuerpos nos piden que hagamos antes de que te cases porque es lo que te conviene hacer...

–Sé lo piensas de mí... –murmuró Emily, girándose lentamente hacia él.

Había tan poco espacio entre ambos que notó el calor que emanaba del cuerpo de Leandro. Apoyó la palma de la mano en su pecho y lo miró.

–Lo que piense de ti no importa...

–¡A mí me importa!

–¿Por qué?

Leandro inclinó la cabeza y la besó muy despacio, con ternura, separándole los labios y metiendo la lengua en su boca. Notó que Emily dudaba a pesar de la tensión sexual que había entre ambos.

¿Qué pensaba de ella? ¿Acaso importaba? Era cierto que Emily había trabajado para él durante casi dos años y que, durante ese tiempo, habían tenido una relación curiosamente cercana, pero ella iba a marcharse y no volvería a verla.

Lo único que importaba era vivir el presente, y satisfacer aquel anhelo físico que lo estaba consumiendo con la fuerza de un tsunami.

Emily se había visto muy afectada por su pasado, por un padre que había traicionado a su familia...

¿Qué tenía eso que ver con él?

–No soy de las que se acuestan con cualquiera...

–Ni yo de los que utilizan a las mujeres, pienses lo que pienses. Así que, ¿por qué no nos guardamos para nosotros lo que pensamos el uno del otro y nos limitamos a... disfrutar...?

Leandro le levantó el vestido y la agarró por la cintura por debajo de la tela, y Emily estuvo a punto de desmayarse.

–¿Qué te parece si nos bañamos desnudos?

–¿Estás loco? –le preguntó ella.

Tenía el corazón tan acelerado que casi no podía ni respirar.

–Tendré que ayudarte a ser un poco más aventurera, mi querida secretaria...

–No me llames así, por favor. Me hace recordar

que esto es una locura... que tú eres mi jefe y que no he venido aquí a... a...

—¿A tener una apasionada y salvaje aventura conmigo?

—Más o menos —murmuró ella.

La humedad que tenía entre las piernas hizo que se moviese con nerviosismo y, como si supiese exactamente lo que le estaba pasando, Leandro bajó la mano y la acarició por encima de las braguitas.

—Entonces, ¿no vas a hacer realidad mis fantasías poniéndote uno de tus trajes para que yo pueda quitártelo?

Por desgracia, Emily se imaginó a sí misma en el despacho de Londres, con la puerta cerrada y a Leandro quitándole la ropa antes de hacerle el amor sobre el escritorio.

—Da igual.

Leandro metió un dedo por debajo de la tela y la acarició con él. Se excitó todavía más y se dio cuenta de que, en realidad, llevaba fantaseando con ella más tiempo del que quería admitir.

El vello que cubría su sexo le hizo pensar que así es como debía ser una mujer, y que no le gustaban las mujeres demasiado depiladas.

Deseó enterrar la cabeza entre sus muslos y probar su dulce sexo, pero su instinto le advirtió que no debía precipitarse. No quería asustarla.

Tal vez fuese a casarse por motivos equivocados, tal vez solo sintiese algo de cariño por su futuro marido, pero, en el fondo, su consciencia debía de estar diciéndole que lo que estaba haciendo no era aceptable.

Por suerte, ese no era su problema, pero no quería que Emily se echase atrás... la deseaba demasiado...

Buscó su clítoris con los dedos y empezó a jugar con él. Lo haría hasta que Emily le rogase que continuase, hasta que se volviese loca de deseo por él.

Emily dio un grito ahogado, arqueó la espalda y se aferró a sus hombros. Ambos seguían vestidos y eso hacía que sus caricias fuesen... todavía más íntimas.

Leandro enterró la mano que tenía libre en su pelo e hizo que echase la cabeza hacia atrás para besarla apasionadamente, casi sin dejarla respirar.

—¿Estás disfrutando? —le preguntó en un susurro.

Ella gimió y asintió.

—¿Sientes que le estás siendo infiel al hombre con el que vas a casarte? —le preguntó él, sin poder evitarlo.

—Por favor, Leandro... —le dijo ella, que casi no podía respirar.

—¿Te sientes así? —insistió él.

—No —susurró Emily—. Ya te lo he dicho... Nuestra relación... No hay... atracción física.

—¿Volvemos al hotel? —murmuró Leandro—. No quieres bañarte desnuda conmigo y tengo la sensación de que hacer el amor sobre la arena sería un poco... incómodo. Y quiero disfrutar de ti con todas las comodidades.

Sin avisarla, la tomó en brazos y empezó a andar en dirección al hotel.

Emily gritó.

–¡Leandro, van a vernos!

–Esa es la ventaja de ser el dueño del hotel. Me da igual. Estoy seguro de que ya están hablando de nosotros...

–Tú no has dicho nada, ¿verdad? –le dijo Emily alarmada.

–No hace falta. Hasta el más idiota se habrá dado cuenta de cómo te miro.

–Yo no me había dado cuenta.

–Porque estabas demasiado ocupada, intentando no mirarme tú a mí.

–No quiero ni imaginar lo que piensas de mí –murmuró contra su pecho.

Aunque podía imaginárselo. Debía de pensar que era una mujer sin escrúpulos. Una mujer dispuesta a acostarse con su jefe mientras preparaba su boda con otro hombre. Podía haberle contado alguno de sus motivos para casarse con Oliver y tal vez Leandro la habría creído. En cualquier caso, tenía que admitir que no era el canalla que ella siempre había imaginado.

Se dio cuenta de que había decidido deliberadamente ver solo su parte más superficial, de ver solo al hombre que jugaba a varias bandas, salía con mujeres y luego las dejaba sin mirar atrás.

Ella nunca se había cuestionado su ética. En su lugar, había decidido compararlo con su padre. No se había parado a pensar que Leandro era solo un hombre soltero y libre, que podía salir con quien quisiera, mientras que su padre había sido un hombre casado y con una hija, que había decidido engañar a su esposa. Leandro no había mentido a ninguna mujer.

En el fondo, era mucho más romántico que ella y a pesar de que todo aquello debía haber hecho que dejase de sentirse culpable, cuando Leandro abrió la puerta de su cabaña y la llevó hasta la cama, todavía se sentía abrumada.

La habitación de Leandro era similar a la suya, solo con algunos cambios sin importancia en la decoración.

Emily se distrajo unos segundos mirando con curiosidad a su alrededor, fijándose en la ropa que había doblada encima de una silla. Debía de ser obra del servicio de habitaciones, porque Leandro no parecía ser de los que perdía el tiempo con esas cosas.

Luego volvió a mirarlo a él, que estaba a los pies de la cama, con una mano en el botón de los pantalones.

—¿Decías...? —preguntó este sin moverse de donde estaba.

—¿Qué decía?

—Creo que era la voz de tu conciencia la que estaba empezando a hablar...

—Pensé que no me habías oído.

—Pues te he oído. ¿Quieres cambiar de opinión, Emily? Puedes marcharte si quieres. Nunca me he acostado con ninguna mujer que no quisiera hacerlo.

–Y apuesto a que ninguna te ha rechazado.

–¿No querrás ser tú la primera? Si es así, dímelo y me daré una ducha fría.

Automáticamente, Emily bajó la vista al bulto de su bragueta, que evidenciaba lo excitado que estaba, y volvió a olvidarse de todo.

¿Qué más le daba lo que pensase de ella? No iban a tener una relación para toda la vida, sino solo sexo, y tal vez aquella fuese la única vez en la vida en la que iba a sentirse así, fuera de control, temblando de deseo por un hombre. Era la primera vez que le ocurría. ¿Cómo sabía si volvería a pasar?

Si Leandro pensaba que era una chica fácil, le daba igual. No lo era y nunca lo había sido. Como mucho, podrían acusarla de ansiosa. Estaba ansiosa por probar lo que Leandro iba a ofrecerle.

Además, un par de semanas más tarde desaparecería de su vida para siempre. Así que le daba igual lo que pensase de ella.

En realidad, le había dicho todo lo negativo que pensaba de él y, por mucho que le pesase, eso le daba derecho a Leandro a pensar mal de ella... pero no le importaba.

–No voy a cambiar de opinión –le aseguró–. Tengo los pies llenos de arena.

–Podemos ducharnos juntos...

Leandro le sonrió de manera sensual y a ella se le puso la carne de gallina.

–Y me alegro de que no cambies de opinión...

–Supongo que no importa, pero... yo no soy... así...

Leandro pasó los dedos por su pelo y la miró fijamente.

–No tenemos que hablar de esto si no quieres... –le dijo–, pero... ¿Acaso te importa lo que piense de ti?

–¡Por supuesto que no! –respondió ella, ruborizándose–, pero no quiero que pienses... Sé que tienes una buena opinión de mí desde el punto de vista profesional...

–Pero ahora no estamos hablando de trabajo, ¿no? –dijo él, tumbándola en la cama y olvidándose de que tenía arena en los pies–. Por cierto, que me gusta tu vestido. ¿Te lo había dicho ya?

Le bajó un tirante y le mordisqueó el hombro.

Emily se estremeció y notó que dejaba de respirar. De repente, le fue imposible pensar con claridad y suspiró mientras Leandro continuaba pasándole la lengua por el hombro.

–No está hecho para llevar sujetador... –añadió, desabrochándoselo y ayudando a Emily a quitárselo con el vestido puesto.

Se quedó hipnotizado con la curva de sus pequeños pechos. Se imaginó cómo sería acariciarlos y cuál sería su sabor.

Se apoyó en un codo y la miró fijamente.

–Desnúdate para mí –le pidió en un susurro.

Y Emily giró la cabeza para mirarlo.

Los ojos le brillaban de deseo. Una parte de ella no podía creer lo que estaba haciendo y otra se estaba deleitando al ver que era capaz de excitarlo sin hacer ningún esfuerzo. Era tal la humedad que sentía entre las piernas que hasta las braguitas le resultaban incómodas.

–¿No me digas que eres tan tímida...?

–Por supuesto... que no –respondió ella, riendo con nerviosismo y sentándose para poder quitarse el vestido mientras Leandro la miraba fijamente.

Sus pechos quedaron al descubierto y Leandro no pudo controlarse más. Se inclinó sobre ella y tomó uno de los pezones erguidos con la boca, chupándolo hasta que la oyó gemir de placer.

Ella no podía quedarse quieta. Enterró las manos en su pelo y deseó que recorriese todo su cuerpo con la lengua. Leandro pasó de un pezón al otro y ella se retorció y gimió, y tomó su mano para que le acariciase el pecho que no estaba chupando.

¡Y él seguía vestido! Emily no se atrevía a desnudarlo. Notó su erección y se sintió emocionada y aterrada al mismo tiempo. Quería acariciársela, pero tenía miedo. ¡Parecía tan grande!

Leandro se incorporó para que Emily pudiese quitarle la camiseta y luego se levantó y se quitó los pantalones y la ropa interior.

Emily contuvo la respiración e intentó no gritar al verlo desnudo.

A pesar de haberlo visto en bañador en la playa, verlo sin ropa no pudo impactarla más.

Él la observó con gesto divertido. Y cuando bajó la mano para acariciarse solo, Emily pensó que iba a desmayarse.

Había intentado justificarse, y asegurarle que no era ese tipo de chica... pero después de ver su reacción, a Leandro no debía de caberle ninguna duda.

Estaba roja como un tomate y no podía apartar la mirada de su sexo. Parecía una adolescente ante de su primer amante.

–¿Estás disfrutando de las vistas? –le preguntó Leandro con malicia, viendo que se ponía todavía más roja.

–Yo... no...

–Ya –le dijo él, tumbándose de lado en la cama y haciendo que ella girase para que pudiesen mirarse de frente–. No eres de esas que tendría una sórdida aventura con el anillo de compromiso en la mano, justo antes de casarte. Aunque, en realidad, tampoco hay anillo de compromiso...

Porque no iba a casarse por amor. Leandro le quitó las braguitas y la acarició entre las piernas. Se dio cuenta de que estaba muy húmeda y apretó los dientes para intentar controlar su obstinada libido.

No – dijo Emily casi sin aliento–. No soy de esas.

Aunque, al mismo tiempo, lo era...

Gimió suavemente mientras Leandro le separaba las piernas con la rodilla y la acariciaba con ella.

–Mi secretaria perfecta... –murmuró, mordisqueándole el cuello y acariciándole un pezón erguido con el dedo pulgar– ha resultado ser una mujer compleja...

Emily ni siquiera se molestó en intentar hablar.

Su cuerpo estaba experimentando demasiadas sensaciones. Se relajó y empezó a acariciarlo.

—Deja de... hacer... eso —le dijo.

—¿El qué? —preguntó Leandro, apartando la rodilla y acariciándola con la mano—. ¿Esto?

—No voy a poder... aguantar...

¡Casi no podía ni hablar!

—Bien, me encanta verte así...

La besó apasionadamente en los labios mientras seguía acariciándola entre las piernas y jugaba con su clítoris.

Emily se sintió salvaje, nerviosa y completamente liberada. Por primera vez era una mujer desinhibida, capaz de disfrutar y que estaba haciéndolo.

¿Por qué había pensado que el amor y el sexo tenían que ir unidos?

Tal vez fuese en aquello en lo que se había equivocado en el pasado. Había querido estar enamorada de los chicos con los que había salido, y había pensado que el deseo llegaría después... Nunca se le había pasado por la cabeza que un hombre pudiese gustarle tanto como para volverla loca de deseo.

¡Mucho menos, que aquel hombre pudiese ser Leandro!

Notó que llegaba al clímax y, sin sentirse en absoluto avergonzada, echó la cabeza hacia atrás, gimió y se dejó llevar por el orgasmo.

No le importó que Leandro estuviese observándola en un momento tan íntimo.

Arqueó la espalda y se estremeció mientras Leandro tomaba uno de sus pechos con la boca.

Lo miró y pensó que no podía haber tenido un sexo más prefecto en un lugar más idílico.

–Supongo que serás consciente de que no he hecho más que empezar contigo... –le advirtió él.

–Soy consciente –respondió Emily–. Y espero que sepas que yo tampoco he terminado contigo.

–Me gusta oírte decir eso –le respondió él, tumbándose en la cama.

Emily pensó que era el hombre más sexy del mundo. No le sorprendía que siempre estuviese rodeado de mujeres.

Se sentó a horcajadas encima de él y Leandro disfrutó de su cuerpo delgado, de sus pechos desnudos. Le había dado el sol y tenía la marca del bañador en la piel.

Leandro estaba empezando a llegar a la conclusión de que había muchas cosas que no le gustaban de los cuerpos de las mujeres con las que había salido hasta entonces. No solo el hecho de que fuesen completamente depiladas, sino también de que sus curvas fuesen tan exageradas y artificiales, que estuviesen tan morenas. Le gustaba la piel clara de Emily, el modo en que destacaban sus pezones rosados...

Alargó la mano hacia uno de sus pechos y ella se la golpeó.

–No me toques. Ahora me toca a mí darte placer.

–No imaginas el placer que siento al acariciarte...

Emily se echó a reír. Se sentía completamente aturdida.

Se inclinó para besarlo y su melena hizo de cortina entorno a sus rostros. Los labios de Leandro estaban calientes y Emily sonrió contra ellos porque se sentía poderosa. Aquel hombre tan increíblemente sexy, su jefe, la deseaba tanto que casi no podía ni controlarse. Su erección era tan grande que no sabía si le iba a caber. Y solo de pensarlo se excitaba todavía más.

Le rozó el pecho con los suyos y volvió a sentir una ola de placer.

Luego se incorporó y cambió de postura para poder acariciarle la erección con la mano.

—Ahora, me toca verte a mí.

Se apartó el pelo de la cara con impaciencia y se frotó contra él mientras lo acariciaba. Él la observó divertido.

No era un hombre tímido. Estaba muy seguro de sí mismo.

Por eso creía en el amor y en el matrimonio. Por eso pensaba que encontraría a la persona adecuada.

Mientras que ella...

Respiró hondo y dejó de pensar en la persona que era ella, la persona en la que jamás había pensado que se convertiría.

Leandro bajó la mano. ¿Se había perdido algo? Por un instante, habría jurado que Emily había dejado de estar con él y, no obstante, seguía mirándolo con una sonrisa en los labios.

–Tienes... que parar...

–¿Qué quieres decir?

–Que todavía no quiero ser padre...

Emily asintió.

Él sacó un preservativo de la cartera y se lo puso con manos temblorosas.

–No me gusta correr riesgos –comentó.

–Y a mí no se me ocurre que pudiese pasarme nada peor –admitió Emily con toda sinceridad.

De repente, Leandro sintió celos del hombre que iba a casarse con ella, aunque fuese un matrimonio de conveniencia.

–Una cosa es acostarse con un hombre estando comprometida con otro... y otra, un hijo...

–Sería una catástrofe –admitió Emily–. Ahora, cállate, y recuerda que te he dicho que no he terminado contigo...

–Me acuerdo –dijo él sonriendo con malicia–. Dejo que lleves tú las riendas. Estoy en tus manos...

En sus dulces manos.

Le encantaba todo lo que Emily le estaba haciendo. Le encantaban sus besos. Le encantó que lo acariciase con la lengua. Le encantó que su pelo le acariciase el pecho al inclinarse sobre él.

Le encantaba su entusiasmo. Emily no quería impresionarlo con sus técnicas, solo lo deseaba y quería disfrutar de él, como quería que él disfrutase de ella. Así de simple.

Se sentó encima de él y empezó a moverse, y Leandro no pudo contenerse más. Supo que, si no

tomaba el mando de la situación, llegaría precipita-
damente al clímax como un adolescente.

Colocó a Emily debajo de él y la penetró mientras ella lo abrazaba con las piernas por la cintura.

Empezó a moverse en su interior y la besó en los
labios. Imitando con la lengua los movimientos de
su erección.

Los movimientos fueron cada vez más rápidos y
fuertes, apoyándose en las manos a ambos lados del
cuerpo de Emily y clavando la mirada en ella. En
su delicado rostro, en sus largas pestañas, en la pequeña marca que tenía encima de la ceja derecha,
en su pelo extendido sobre la almohada, en las pecas de su escote y en las marcas causadas por el sol
en su piel...

De repente, llegó a una explosión de sensaciones
que hizo que dejase de pensar. La oyó gritar de placer y gimió también.

Ambos estaban sudando. Leandro se dejó caer
sobre ella y sus cuerpos se pegaron. No había encendido el aire acondicionado y el ventilador que
había en el techo no era suficiente para refrescarlos.
Podían haber hecho el amor en un iceberg en el Ár-
tico y habrían seguido teniendo el mismo calor.

–¿Tú también has tenido la sensación de que la
Tierra se movía? –le preguntó a Emily con voz ronca.

Esta asintió sonriendo.

–Quiero oírtelo decir –le pidió él, enterrando los
dedos en su pelo y besándola suavemente en los labios.

–Sí... he notado cómo se movía la Tierra yo también –admitió–. Lo que quiero decir es que nunca...

–¿Nunca qué?

–Nunca...

Pasó los dedos por su pecho y vio cómo se le endurecía el pezón con las caricias.

–Nunca había sentido algo así con un hombre...

–¿Y has estado con muchos?

¿Desde cuándo le importaba los amantes que hubiese tenido una mujer antes de él? Desde luego, no era un hombre inseguro y, no obstante, deseó no haberle hecho la pregunta porque no quería oír que él era solo uno más.

–No –respondió Emily riendo–. No he estado con muchos...

–Deberías aprender de tu pasado, pero no permitir que influyese en tu presente y en tu futuro. Tal vez tu padre fuese un monstruo, pero eso no quiere decir que todos los hombres seamos iguales...

–No quiero hablar de eso –le dijo Emily enseguida.

Aquello le recordaba lo distintos que eran sus mundos. Para Leandro era muy sencillo simplificar una situación que no tenía nada que ver con él. Y ella no podía dejarse confundir con un hombre que siempre lo había tenido todo.

–Entonces, vamos a hablar de lo que vamos a hacer ahora...

Capítulo 8

EMILY se protegió los ojos del brillo del sol y miró hacia un paisaje de postal.

Por encima de su cabeza, las hojas de las palmeras se sacudían con la brisa y proporcionaban una agradable sombra. Si miraba hacia arriba, vería un cielo azul, limpio de nubes, entre las palmeras, pero tenía la vista clavada al frente, en el mar turquesa, que después pasaba a ser de un azul verdoso para terminar con un azul oscuro en el horizonte.

La arena parecía azúcar glas. A su derecha, el pequeño barco que los había llevado hasta allí se mecía en el agua. A lo lejos, Leandro nadaba tranquilamente hacia el horizonte. No tenía miedo a ninguna de las cosas en las que pensaba ella cuando nadaba en el mar: tiburones, rayas gigantes, barracudas... Y otras criaturas desconocidas, pero letales que estaban esperando a abalanzarse sobre los confiados bañistas.

Leandro estaba completamente desnudo. Cuando saliese del agua, Emily devoraría con la mirada su cuerpo, gloriosamente masculino, y vería cómo se excitaba ante ella. Era increíble que lo excitase tanto.

Ella también estaba desnuda sobre una enorme toalla de playa. Podían estar así porque en aquella pequeña isla no había nadie. Solo había arena, palmeras y plantas silvestres. Y solo se podía acceder en barco. Estaban solos en ella y cuando habían llegado, dos horas antes, la habían recorrido entera en menos de media hora.

Qué felicidad.

Dar un paseo de veinte minutos y después hacer el amor al aire libre, porque eso era lo que habían hecho después.

Eran amantes.

Habían decidido entregarse a la loca pasión que los consumía. ¿Por qué no? Estaban allí y se gustaban.

Leandro no le había preguntado a Emily cómo era capaz de hacer el amor con él mientras contaba los días para casarse con otro. Y Emily no se había parado a pensar qué opinión tendría de ella, en los cuatro días que llevaban así, había conseguido no darle vueltas.

Cuando estaba con él no se sentía cohibida. Y ni siquiera hacía falta que Leandro le dijese lo que tenía que hacer para darle placer. Al parecer, lo sabía por instinto.

Observó sonriendo cómo nadaba este hacia la orilla y contuvo la respiración cuando se puso en pie y se pasó los dedos por el pelo mojado.

Era un hombre increíble y Emily no se cansaba de mirarlo.

Con la mirada clavada en el rostro de Emily, a pesar de no poder descifrar su expresión en la distancia, Leandro avanzó lentamente.

Había descansado después de haber hecho el amor y volvía a estar preparado para más. Notó cómo crecía su erección y cuando llegó a la toalla estaba completamente excitado.

—Mira lo que me haces... —le dijo a Emily sonriendo.

Ella se sentó y lo tomó con la boca.

Leandro puso una mano en su cabeza y se quedó quieto mientras ella le acariciaba la erección con la lengua, preguntándose si debía molestarse en intentar controlar el precipitado orgasmo.

Ninguna mujer lo había excitado tanto como Emily.

Muy a su pesar, se apartó e intentó recuperar el control de su cuerpo.

—Eres una bruja.

Se tumbó a su lado, pegado a su cuerpo, y le separó las piernas para sentir el calor y la humedad que había entre ellas.

Jamás habría imaginado aquello, pero en esos momentos solo podía preguntarse cómo era posible que no hubiese ocurrido antes.

Hacerle el amor a Emily le parecía la cosa más natural del mundo.

La besó lentamente, tomándose su tiempo. Pasó de los labios al cuello y ella arqueó la espalda.

Leandro bajó a sus pechos para devorar un pezón endurecido hasta que la oyó gemir y notó que se retorcía de placer.

–Estás muy caliente... –comentó, metiendo la mano en la nevera portátil y sacando un hielo de ella–. Tienes que refrescarte. Al menos, tus pezones lo necesitan...

Se apoyó en un codo y pasó el hielo por su pecho, haciéndola gemir y reír al mismo tiempo.

–No me digas que no estás mejor ahora... –le dijo, tirando el hielo para continuar jugando con sus pechos.

Después pasó la lengua por su ombligo y sonrió al notar que Emily contenía la respiración.

El cuerpo de esta respondía a sus caricias de una manera exquisita. Leandro tenía la sensación de que era la primera vez que estaba con un hombre. En realidad, era una mujer inexperta. Sus dos últimos novios no habían sabido satisfacerla y saberlo lo había excitado todavía más.

Así que había decidido conseguir lo contrario: excitarla lo máximo posible y hacer que no pudiese desearlo más.

Siguió bajando con la lengua y le separó las piernas con cuidado. Probó su sexo y la oyó gemir de placer.

Sabía al calor del sol, a la sal del mar y estaba muy húmeda. Y a Leandro le encantaba verla con los puños cerrados y completamente concentrada en disfrutar de lo que le estaba haciendo.

Tuvo que hacer un esfuerzo para no obedecer a su cuerpo, que quería que la penetrase inmediatamente.

En el pasado, por mucho que le hubiese gustado una mujer, siempre había sido capaz de parar en caso de necesidad. Siempre había dejado el teléfono móvil encendido y había antepuesto el trabajo al placer.

Con Emily era diferente. Apagaba el teléfono durante horas. Y se sentía molesto si lo llamaban cuando estaba con ella.

Notó cómo el cuerpo de Emily se tensaba y empezaba a sacudirse por dentro y, muy a su pesar, se apartó y la besó en los labios.

—No quiero que pares —protestó ella.

—Ya lo sé. Yo tampoco quería parar. ¿Te he dicho alguna vez lo deliciosamente que sabes?

Emily sonrió y deseó poder grabar aquel momento en su memoria para siempre.

—Tal vez...

Lo vio buscar un preservativo en la ropa que habían tirado a un lado y ponérselo. Y esperó a que volviese a su lado y la llenase con su poderosa erección.

Lo agarró de los hombros con fuerza mientras él empezaba a moverse en su interior. Cerró los ojos y buscó sus labios a ciegas, encontrándolos y besándolos apasionadamente mientras él se movía cada vez más con más rapidez.

Cuando llegó al clímax, echó la cabeza hacia atrás y contuvo la respiración mientras su cuerpo se sacudía.

Leandro la estaba agarrando con fuerza, controlando su propio orgasmo y sintiendo todas las reacciones de su cuerpo.

Entonces explotó también, gimió y se puso tenso, y deseó poder haberle hecho el amor sin el preservativo.

—Estoy ardiendo —comentó Emily mientras él se quitaba el preservativo y después volvía a su lado para abrazarla.

—Tal vez debamos esperar unos minutos antes de retomarlo —murmuró él, sonriendo—. Soy casi sobrehumano en lo relativo al sexo, pero hasta yo tengo mis límites...

—Quería decir que tengo calor...

—Vaya golpe para mi ego...

Le dio un beso en la comisura de los labios y después añadió:

Podemos darnos un baño y después comer. He traído tu plato favorito.

—No sabes cuál es mi plato favorito...

—¡Por supuesto que sí! Los sándwiches de jamón, lechuga y tomate, con mayonesa, pero sin mostaza. Y la ensalada de pollo, pero sin apio... También he traído pescado frito... con kétchup y...

—¿Cómo sabes eso?

Aunque Emily sabía que se lo había contado.

Porque hablaban mucho, en ocasiones, de cosas sin importancia.

De repente, se sintió incómoda. Se recordó a sí misma que aquello era solo una aventura, que pronto volvería a su vida real en Inglaterra.

—Sé muchas cosas de ti, mi querida secretaria —le dijo él, tendiéndole la mano para ayudarla a levantarse.

Y la observó atentamente mientras lo hacía.

—Creo que tu vello púbico se está aclarando con el sol —comentó.

Emily sonrió y se ruborizó.

—El tuyo también —replicó antes de echar a correr hacia el mar.

—De eso nada, yo tengo el pelo demasiado oscuro para que se aclare con el sol. ¿De qué color tiene el pelo tu prometido?

No había querido hacerle aquella pregunta. Para Leandro, mientras estuviesen allí el otro hombre no existía. Y no tenía ni idea de si Emily hablaba con él a diario o no.

—Claro —respondió ella sin más.

No le apetecía hablar de Oliver.

Había hablado con él en un par de ocasiones desde que había llegado a la isla, aunque, desde que había empezado a acostarse con Leandro, ya no tenía tan clara su decisión de casarse con él.

Llegó al agua y se zambulló en ella. Y se puso a nadar hasta que notó los brazos de Leandro a su alrededor.

–¿No quieres hablar de él? –le preguntó este.

Ambos hacían pie todavía, pero el agua les llegaba más arriba de la cintura.

–No –respondió Emily, apartando la mirada.

–¿Por qué no?

–Porque... Ya sabes por qué, Leandro...

–¿No quieres que te recuerde que soy tu sórdido secreto?

–¡No!

–¿Y qué dirías si admitiese que es así como me siento?

–No te creería –le respondió ella, con el corazón acelerado–. Ambos sabemos que lo nuestro es algo temporal...

Se miraron a los ojos y Leandro la soltó.

–Vuelve a la playa, Emily, yo voy a alejarme un poco más.

–De acuerdo.

Leandro frunció el ceño. Emily parecía desesperada por deshacerse de él y evitar cualquier conversación un poco profunda.

No obstante, después de pasar veinte minutos nadando a buen ritmo, Leandro decidió que no iba a darse por vencido.

Le molestó encontrársela en la playa con el bañador puesto, las gafas de sol, el sombrero y un libro en la mano.

–¿Comemos? –le preguntó ella, humedeciéndose los labios con nerviosismo y dejando el libro en la toalla.

–¿Por eso te has puesto el bañador? –le preguntó Leandro, tomando su toalla para secarse–. ¿Porque es hora de comer?

Se sentó delante dc la nevera y añadió:

–Solo nos quedan un par de días más aquí.

–Lo sé –respondió Emily, resignándose a mantener aquella conversación que prefería evitar–. Creo que hemos hecho todo... lo que nos habíamos propuesto.

–Me sorprende que sigas incluyéndote en este proyecto, teniendo en cuenta que vas a marcharte de la empresa en cuanto lleguemos a Londres.

–Ya te dije que me quedaría a formar a mi sustituta.

Leandro no tenía ganas de hablar de trabajo. En su lugar la miró fijamente durante mucho tiempo, hasta que Emily apartó la vista.

–¿Vamos a hablar de lo nuestro? –le preguntó entonces.

Emily se encogió de hombros, estaba muy tensa.

–No creo que merezca la pena –le contestó después de varios segundos.

–¿De verdad quieres que esto se termine cuando volvamos a Londres?

–Lo que yo quiera no importa.

–Quiero que me mires cuando te hablo.

Emily cambió de postura para mirarlo de frente.

–Y quiero verte los ojos.

Leandro le quitó las gafas de sol y ella se sintió vulnerable, desprotegida.

No quería hablar de aquello, ni quería pensar en si quería que aquello continuase o no cuando volviesen a Londres porque pensaba que no tenía elección. Tendría que terminar, le gustase o no.

—Yo...

—¿Sí?

—Ya te he dicho... que no soy una mujer romántica... como las otras con las que has salido...

—Lo sé, pero no me digas que vas a sacrificar el resto de tu vida por lo que ocurrió con tu padre.

—No voy a sacrificar mi vida, Leandro.

—Vas a tomar una decisión equivocada, y después no podrás echarte atrás aunque quieras.

—Existe el divorcio...

—No puedo creer lo que acabo de oír.

—¡Y yo no puedo creer que estemos teniendo esta conversación! —gritó Emily—. ¡Deberías dar gracias de que no soy una de esas mujeres que quiere atraparte para siempre! ¡Deberías estar contento porque no vas a tener que consolarme cuando quieras deshacerte de mí!

—El caso es que solo puedo sentir lástima por una mujer que va a casarse sin amor, por motivos equivocados.

Leandro empezó a sacar la comida de la nevera a pesar de haber perdido el apetito.

—Sabía que acabarías pensando mal de mí si... nos acostábamos.

—Tienes razón. No te admiro por lo que estás haciendo.

–Hay muchas cosas que no sabes.

–¿Y por qué no intentas contármelas?

Ella guardó silencio.

–Ah, ya entiendo, no son asunto mío.

–¿Qué quieres de mí?

–¿Una respuesta sincera? –le dijo Leandro, mi-rándola a los ojos–. Quiero que tengas la valentía de admitir que es un error casarse con un hombre cuando te gusta otro.

–No todo gira en torno al sexo.

–Me deseas. Y eso no va a cambiar cuando vuel-vas a Londres y vuelvas a ponerte el traje de cha-queta...

–Lo que te pasa es que no quieres que esto ter-mine porque siempre eres tú el que decide cuándo terminan tus relaciones, ¿no?

–¡Eso no es verdad! –replicó Leandro, ponién-dose colorado.

–¡Por supuesto que sí! –volvió a gritar ella, le-vantándose y echando a andar hacia el mar.

Pero después se giró y volvió hacia él, con los brazos cruzados, muy tensa.

Aquel lugar era demasiado bonito para discutir en él. Además, Emily no quería discutir.

–Sales con mujeres y, cuando te cansas de ellas, las dejas. ¡Te sientes molesto porque todavía no te has cansado de mí!

–Me siento frustrado porque veo que vas a echar a perder tu vida...

–¿Y quieres salvarme de mi destino? ¿Es eso? ¿Estás seguro de que lo haces solo por mí?

–Quiero que me digas que de verdad quieres que lo nuestro se termine en cuanto lleguemos a Londres.

–Por supuesto que es lo que quiero. Lo nuestro es solo... un devaneo...

Leandro la miró fijamente, en silencio, antes de responder:

–Pues que así sea.

Leandro colocó la comida y el vino encima de la manta, pero prefirió beber agua.

–¿Que así sea?

–Será mejor que comamos. Después, volveremos a la isla.

Sin mirarla, tomó un sándwich y bebió agua.

–Por supuesto.

–Y puedes considerar que tu contrato con la empresa se ha terminado en cuanto pisemos suelo británico.

–¿Qué... qué quieres decir? –le preguntó ella, sentándose en la manta con las piernas cruzadas.

–Quiero decir que no hará falta que vuelvas por el despacho. Y durante el resto de nuestra estancia aquí nuestra relación será estrictamente profesional.

–¿Todo porque no quiero hacer lo que tú me dices?

Se quedó pensativa y luego añadió:

–Sé que no entiendes mi comportamiento... pero es que...

Puso la mano encima de la suya y pensó que, en esos momentos, la vida sin Leandro le parecía una vida sin sentido, vacía. No obstante, también sabía que su relación no podía durar.

–Mira, Emily –le dijo él, apartando la mano–. He llegado a la conclusión de que ya no quiero lo que me ofreces...

Casi no había probado bocado, pero no tenía hambre.

–Para mí, lo nuestro no se había terminado, pero no puedo seguir con ello varios días más para después ver cómo vuelves corriendo con tu prometido...

–¿Me estás dando un ultimátum? ¿Me estás diciendo que, si no dejo a Oliver, nuestra relación volverá a ser como antes de haber venido aquí...?

Emily contuvo las lágrimas, se sentía rechazada y dolida.

–¿Quieres que cancele la boda para pasar contigo un par de semanas?

–¿Quién ha dicho que lo nuestro duraría solo un par de semanas? Podría durar menos... o más...

–¿Y piensas que voy a sacrificar mi futuro por eso?

–Si pudieses convencerme de que tu futuro merece la pena, no estaríamos teniendo esta conversación, de hecho, ni siquiera nos habríamos acostado...

Leandro se levantó y se puso el bañador.

Sin mirarlo, Emily empezó a recoger la comida, que casi no habían probado.

No supo qué más decir. Era evidente que, para Leandro, el tema estaba zanjado.

Cuando regresaron al hotel, Leandro la trató de manera educada y distante y, cuando nadie los oía, le dijo:

–Esta noche puedes cenar en tu habitación si quieres. Yo tengo cosas que hacer.

Ella dudó un instante antes de apoyar la mano en su brazo.

Leandro miró la mano y le advirtió:

–Puedes mirar, pero has perdido el derecho a tocar.

–De eso nada –le respondió ella con voz pausada a pesar de tener el corazón acelerado y la boca seca.

–¿Qué has dicho? –preguntó él, incapaz de moverse, conteniendo la respiración.

–Que tienes razón –admitió Emily–. No puedo casarme con Oliver. No después de lo que ha pasado entre nosotros. Tal vez necesite seguridad, pero lo que tenemos es demasiado fuerte. Así que voy a llamarlo en cuanto llegue a mi habitación para decirle que no habrá boda...

Capítulo 9

EMILY se estiró en la enorme cama y miró a su alrededor.

Era su rutina, lo hacía siempre que pasaba la noche en casa de Leandro. Tenían sexo, dormían a ratos, hasta que uno de los dos buscaba el cuerpo del otro, y por la mañana, mientras él bajaba a preparar café, ella realizaba aquel recorrido visual de su dormitorio. Lo hacía porque, a pesar de que ya hacía cinco semanas que habían vuelto a Londres, sabía que aquello no iba a durar siempre.

Después de romper con Oliver, había dejado de preocuparse. Seguía teniendo los problemas que habría podido resolver casándose con él, pero le daba igual.

Sabía que se estaba enamorando de Leandro. Y también sabía que el sentimiento no era recíproco. Le gustaba y disfrutaba de su compañía, pero Leandro no la quería.

Nunca había pronunciado la palabra «amor» delante de ella. Eso era algo que reservaba para la mujer especial con la que se casaría algún día.

Incluso le había dicho que quería tener seis hijos. Emily suponía que se casaría con una mujer argentina, como él, una belleza morena, sensual, posiblemente amiga de su familia, que sabía cómo funcionaba su mundo. Alguien de la misma clase social que él.

Ellos eran solo amantes. Por suerte, había dejado de trabajar para él, aunque Leandro la había ayudado a encontrar otro trabajo también muy bien pagado.

Las responsabilidades eran diferentes, pero a Emily le gustaba lo que hacía y había empezado a barajar la posibilidad de convertirse en pasante...

Había accedido a que la ayudase porque necesitaba el dinero. Era así de sencillo.

Oyó pasos y miró hacia la puerta, esperando a que se abriese.

—Ya estás despierta.

Leandro la miró con masculina satisfacción y sonrió.

—Estaba despierta cuando te has levantado.

—¿De verdad?

—Pero no te he dicho nada porque quería ver ese trasero tan mono.

Él dejó el café encima de la mesita de noche y se sentó en la cama, la acarició.

—No me has dicho qué tal estás en tu trabajo nuevo. Hace mucho tiempo que no he ido a ver al viejo Hodge.

—Todo bien. ¿Te he dicho que a lo mejor pienso en ser algo más que secretaria? Creo que se me daría bien el derecho. Me gusta...

Leandro no quería oír hablar de su futuro.

–Te estaba preguntando más bien por las personas con las que trabajas. No me gustaría que estuvieses rodeada de gente aburrida...

–Pues no te preocupes, todos son muy interesantes.

–¿Todos? ¿Cómo es posible?

–El ambiente es estupendo, Leandro. Quiero decir que... es distinto al de tu despacho. La empresa no es tan grande y hay más gente joven...

Aquello no era lo que Leandro quería oír. Frunció el ceño. No le gustaba la idea de que otros hombres se sintiesen atraídos por Emily. Solo era cuestión de tiempo que alguno le ofreciese una relación más estable que la que tenía con él.

Leandro siempre se había imaginado teniendo una relación seria con una mujer argentina, alguien que entendiese lo que se esperaba de ella, cuya meta en la vida fuese criar a sus hijos y estar en casa... alguien cuya carrera fuese él. Y, por supuesto, alguien que no estuviese interesado en su dinero.

Su madre había sido la esposa perfecta para su padre. Le había dado hijos y se había sentido orgullosa de satisfacer las necesidades de su marido.

Emily Edison: secretaria extraordinaria, bomba sexual extraordinaria y profesional en ascenso... no era lo que necesitaba. Así que Leandro no entendió por qué le molestaba la idea de que gustase a otros hombres. No era un tipo posesivo. Sobre todo, con sus amantes.

–¿De verdad? ¿Y ha intentado ligar contigo alguno de tus compañeros? –le preguntó.

Ella lo miró con sorpresa.

–¿Estás celoso?

–Yo nunca me pongo celoso. Es solo curiosidad.

–Ah. Bueno... –dijo ella, sintiendo decepción–. Lo cierto es que no llevo allí el tiempo suficiente como para tener ya una vida social.

–Y, sobre todo, no la necesitas porque me tienes a mí. Además, acabas de romper tu compromiso...

La curiosidad que sentía Leandro era... irresistible, peligrosa, imperiosa.

¿De verdad había roto Emily con su prometido? ¿Y si este estaba esperando a que su aventura se terminase para recuperarla?

Aunque entonces se dijo que ya había perdido demasiado tiempo pensando en un tipo que ni siquiera sabía cómo era físicamente.

Tal vez pudiese investigar un poco. Lo suficiente para saber si el tipo seguía en escena o no... Y quedarse tranquilo sabiendo que Emily era solo suya por el momento.

Nunca había sido machista, estaba de acuerdo en que las mujeres tenían los mismos derechos que los hombres, pero...

Con ella se sentía... primitivo.

No tenía sentido. No quería nada más que lo que tenían. Emily no creía en las relaciones duraderas, así que no esperaba nada de él.

Pero, no obstante, Leandro necesitaba estar seguro de que era suya y solo suya.

Solo con una llamada podría averiguar qué era de su ex, cómo era físicamente, a qué se dedicaba... A pesar de que no fuese asunto suyo.

–Todo el mundo necesita tener vida social, Leandro.

Él tardó varios segundos en volver a la conversación.

–¿Qué?

–Que tú no eres mi vida social –le aseguró Emily, que tenía claro que una cosa era estar enamorada de él y, otra muy distinta, que fuese el centro de su universo.

–¿Me estás diciendo que después de trabajar vas a divertirte con los jóvenes abogados del despacho?

–Por el momento no tengo tiempo para eso –admitió ella–, pero espero encontrarlo pronto...

–¿Y qué ha sido de...? Lo siento, se me ha olvidado el nombre de tu exprometido.

–Oliver.

–¿Qué es de él?

–Es mi amigo –le contó Emily–. Y seguimos en contacto.

–Qué bien.

–Tú también sigues hablando con algunas de tus exnovias...

–No recuerdo haber estado prometido con ninguna.

–¿Y qué más da eso?

–Ninguna de mis relaciones ha llegado tan lejos. Y, si algún día me comprometo, solo lo haré si lo nuestro funciona de verdad.

Leandro se levantó de la cama y tomó su teléfono móvil

–¿Adónde vas?

De repente, Emily sintió pánico. Lo vio desaparecer de la habitación y deseó salir corriendo detrás.

Suspiró aliviada al ver que volvía cinco minutos después.

–¿Adónde has ido? –le preguntó con naturalidad.

–Tenía que hacer una llamada –dijo él, dejando el teléfono y volviendo a la cama.

Antes de que terminase el día, tendría las respuestas que necesitaba.

A Leandro no le gustaba espiar y jamás le contaría a Emily que lo había hecho porque no tendría sentido, pero el caso es que ya estaba de mejor humor.

–Bueno, ¿por dónde íbamos? –preguntó sonriendo y dándole un beso.

Emily se echó hacia atrás y enterro los dedos en su pelo moreno. Cuando Leandro la besaba, no podía pensar.

Estaba deseando que le acariciase los pechos, así que arqueó la espalda y suspiró cuando Leandro tomó uno con la boca. Le había dicho muchas veces que le encantaban sus pechos a pesar de que Emily siempre había pensado que eran demasiado pequeños.

Se lo chupó con fuerza y se volvió loca. No se cansaba de él.

Necesitaba tenerlo dentro y sentir que su cuerpo entero cobraba vida.

Como de costumbre, no la penetró hasta después de haberse puesto un preservativo. Aunque ella había empezado a tomar la píldora y le había dicho en varias ocasiones que no hacía falta que él utilizase protección.

Pero Leandro le había contestado que la píldora podía fallar, y que no quería correr ningún riesgo...

Era evidente que no quería arriesgarse hasta que no llegase realmente la mujer con la que desease compartir su vida.

Emily cerró los ojos y gimió de placer mientras él se movía en su interior, apartó aquellos incómodos pensamientos de su mente y decidió disfrutar del momento.

Sus cuerpos encajaban a la perfección y, cuando llegaron al orgasmo, lo hicieron juntos.

—Está sonando tu teléfono —le dijo Emily, al ver que él no se daba cuenta.

—Estoy ocupado, ya lo miraré luego.

—¿Ocupado?

—Sí, mirando a la mujer que tengo en mi cama.

Emily se ruborizó y disfrutó del momento.

—Podría ser importante.

—No más que mirarte. Ni que... —salió de la cama y la tomó en brazos— darme un baño contigo. Ambas cosas son más importantes que cualquier tema de trabajo, del que puedo ocuparme después...

Le gustaba bañarse con ella, le recordaba a los días que habían pasado en la isla. En ocasiones, se planteaba organizar otro viaje de trabajo para poder repetir la experiencia...

Había estado en muchos lugares bonitos a lo largo de su vida, pero nunca había sentido la necesidad de volver.

Se tomaron su tiempo en el baño, en el que había una bañera gigante. Leandro se tumbó y ella se colocó encima, con la espalda pegada a su torso. Así, Emily podía notar su erección y él, acariciar todo su cuerpo mojado hasta volverla loca de deseo.

Leandro volvió a pensar en la posibilidad de irse de vacaciones con ella, de volver a la isla. O a otra parte. Al parecer, Emily no solía ir de vacaciones y él no entendía el motivo, porque se ganaba muy bien la vida y podía permitírselo.

Podría llevarla a París, a Roma, a Venecia. O a Isla Mauricio. A las Maldivas. O a algún otro destino exótico en el que poder disfrutar de ella.

Se lo propondría después, fuera de la bañera. Emily era muy independiente y él no quería que eso cambiase. Su relación seguía siendo temporal.

Aunque...

Por fin salieron de la bañera. Leandro miró el reflejo de Emily en el espejo y la observó mientras se secaba.

Ella sonrió.

–Te están llamando otra vez.

En esa ocasión, fue a responder a la llamada. No llegó a tiempo, pero tenía un mensaje en el contestador del tipo con el que había hablado un rato antes.

En el baño, Emily se secó el pelo, se vistió, se maquilló y al ver que Leandro no volvía, fue a buscarlo a la cocina.

No se giró hacia ella a pesar de que la había oído entrar.

–¿Va todo bien?

Leandro se dio la vuelta despacio y la miró. Se había vestido de manera informal y tenía las manos metidas en los bolsillos. Su pelo todavía estaba húmedo y lo llevaba peinado hacia atrás.

–Hay un tipo que trabaja para mí –empezó él con gesto inexpresivo–. Se llama Alberto. Lo utilizo cuando necesito información delicada y es muy bueno en su trabajo.

–¿Por qué me estás contando esto?

–Porque le he pedido que investigase a tu exnovio.

–¿Qué? –preguntó Emily, yendo a sentarse en una silla.

–Te has quedado completamente pálida.

–¡No tienes ningún derecho!

–Eres mi chica. Así que claro que tengo derecho. Supongo que imaginas lo que me han contado...

–Supongo que ya habrás sacado conclusiones equivocadas –murmuró ella.

–Me dijiste que te casabas porque necesitabas seguridad, pero ahora entiendo que tuvieses una aventura conmigo a pesar de estar comprometida con otro. Porque un marido homosexual no te iba a exigir fidelidad, ¿verdad?

Emily sacudió la cabeza en silencio.

–Ibas a casarte con tu amigo porque te sentías segura con él. A pesar de que tu padre te había enseñado que no podías confiar en ningún hombre, pensabas que sí podías fiarte de un hombre que jamás se beneficiaría de ti. Pensabas que era mejor casarte con alguien por quien sentías cariño que quedarte soltera. Con alguien que, además, tiene una buena cuenta corriente... Supongo que no querrías pasarte el resto de la vida trabajando duro, y que merecía la pena el sacrificio.

Emily bajó la cabeza y no dijo nada. Era el momento para contarle a Leandro toda la verdad, pero ¿qué sentido tenía? Su relación no era seria, no tenía que luchar por él.

–¿No tienes nada que decir? –le preguntó Leandro enfadado.

Se pasó las manos por el pelo con frustración y la fulminó con la mirada.

–Supongo que querías aprovecharte de mí mientras pudieras. Sabes muy bien lo generoso que soy con mis amantes...

Emily lo miró boquiabierta.

–Eso no es cierto –le dijo–. Jamás utilizaría...

¿El dinero de nadie? ¿Acaso no era eso lo que

había querido hacer con Oliver? Aunque ambos hubiesen estado de acuerdo...

–Creo que debería marcharme –dijo, dudando un instante con la esperanza de que Leandro le pidiese que se quedase.

–¿Así, sin más? –preguntó él con enfado y frustración.

–No quiero tu dinero.

–Venga ya. Tenía que haberlo visto venir. Ya estuve una vez con alguien como tú, que estuvo a punto de convencerme de que no era una cazafortunas. Y pensar que casi vuelven a engañarme. Pero no va a ser así. Me puedes decir que no querías mi dinero, pero no puedes negar que ibas a casarte con un hombre que jamás habría podido llenarte porque te convenía... porque te gustaba su cuenta bancaria...

–En ocasiones hacemos cosas que jamás imaginamos que haríamos cuando éramos jóvenes e idealistas...

–¡Tú todavía eres joven!

–¡Pero hace tiempo que dejé atrás mis ideales!

Emily se dio la vuelta, temblando.

–Me marcho –dijo, con los puños cerrados.

Pero entonces los relajó y añadió en tono de súplica:

–No quiero que pienses mal de mí.

–¡Entonces, dime algo que lo evite! –le pidió Leandro–. No vas a hacerlo, ¿verdad? De todos modos, esto se iba a terminar. Ya sabes dónde está la puerta...

Capítulo 10

LEANDRO oyó el timbre de la puerta a lo lejos, aturdido por el alcohol a pesar de que no solía beber tanto.

No obstante, cinco minutos después de que Emily se marchase, una botella de vino se había convertido de repente en su mejor amigo.

Se miró el reloj y vio que eran más de las doce de la noche. Y él seguía sentado en un sillón en el salón, del que solo se había movido para ir varias veces al cuarto de baño.

Volvió a oír el timbre y juró entre dientes.

Tenía que ser Emily. ¿Quién si no? Barajó la posibilidad de no abrir, porque nada de lo que esta le dijese iba a hacer que cambiase de opinión.

Pero después se dijo que, tras varias horas ahogando sus penas en alcohol, seguro que se sentía mejor si se descargaba con ella. Le diría claramente lo que pensaba, descargaría con ella su ira y su frustración.

Fue hasta la puerta y la abrió.

Emily, que había tomado la valiente decisión de volver a su casa, lo miró sorprendida.

—¿Estás borracho?

—¿Qué estás haciendo aquí? ¿Y cómo has llegado?

—En metro y andando —respondió ella.

—Estás loca.

—No tanto como volver a hacerlo, porque junto a la estación de metro hay un grupo de chicos borrachos, pero lo haré si no me dejas pasar.

Emily sabía que su visita no iba a cambiar nada, pero no había tenido elección. Tenía que contárselo todo.

—Será mejor que entres, pero que sepas que no eres bienvenida y que, si te dejo pasar, es solo porque es muy tarde.

A Leandro le sorprendió haber sido capaz de decir toda la frase del tirón y, volviendo al salón, se dio cuenta de que, al verla, había espabilado de repente.

—Deberías tomarte un café...

Leandro se giró hacia ella y Emily retrocedió automáticamente.

—¿Para qué?

—No quiero que te caigas de bruces cuando oigas lo que... he venido a contarte...

—¿Por qué no me lo cuentas ya y terminamos con esto cuanto antes? En cualquier caso, no pienses que vas a conseguir volver a mi cama.

—¿Sabes una cosa, Leandro? ¡Que no sé cómo he podido hacer algo tan estúpido como enamorarme de ti!

Leandro la miró fijamente. No necesitaba café. Estaba completamente sobrio. Se dio cuenta de que no podía apartar la mirada de su rostro. Emily estaba colorada, y parecía haber dicho aquello en contra de su voluntad.

–Creo que no he oído bien.

–Estoy enamorada de ti.

Leandro se echó a reír y se apoyó contra la pared.

–Buen intento –respondió en tono seco, pero sintiendo una extraña satisfacción.

–¿Qué quieres decir?

–Que solo dejaste a tu ex porque pensabas que ibas a poder sacar algo de mí, que supongo que te sentirás como una tonta por no haberlo conseguido...

Estaba seguro de que no estaba enamorado de él. Era mentira. Le pediría un taxi para que se marchase de allí antes de que la situación empeorase.

Emily siguió mirándolo y después pasó por su lado y entró en la cocina. Tenía el corazón acelerado, estaba aturdida y tenía náuseas.

Empezó a preparar dos tazas de café. Solo para él, con leche y dos terrones de azúcar para ella.

–Deberías sentarte –le dijo.

–¿Quién demonios te crees que eres, Emily? ¿Cómo te atreves a venir aquí después de lo que ha pasado y darme órdenes?

–Creo que soy... una mujer que no esperaba enamorarse de ti, ni de nadie, y que ahora que lo he hecho me he dado cuenta de que tengo que contarte toda la verdad...

–¿Qué me tienes que contar? Ibas a casarte con un amigo homosexual por su dinero, pero después decidiste que preferías el mío.

–¡Siéntate, Leandro!

Él le obedeció muy a su pesar, sin saber por qué.

–Está bien –empezó ella, respirando hondo–. Es cierto que decidí casarme con Oliver a pesar de saber que era homosexual porque nos convenía a ambos.

–Querías su dinero –repitió Leandro.

–Quería su dinero –admitió ella–. Lo necesitaba.

–¿Lo necesitabas?

–Ya te he hablado de mi padre... de lo que hizo. Pero no te he dicho que cuando se marchó a Bangkok se lo llevó todo. Y que cuando mi madre salió del aturdimiento y quiso reclamar, él dijo que se había quedado sin nada. Así que ella tuvo que ponerse a trabajar. No quería perder la casa que había pertenecido a su familia durante generaciones, pero en invierno no podíamos encender la calefacción. Y tuvo que cambiarme de colegio. Unos años después, mi madre enfermó y yo me tuve que poner a trabajar. Un cáncer de mama. Yo creo que causado por el estrés.

–Lo siento –gruñó Leandro–. ¿Por qué no me lo habías contado antes? ¿Y qué tiene que ver todo eso con tu prometido?

–A eso voy –le dijo Emily–. Ahora le han diagnosticado Alzheimer. Todavía no está muy mal, pero la enfermedad va a avanzar y va a necesitar muchos cuidados. Aun así, se niega a vender la casa y yo no puedo permitirme pagarlo todo con mi sueldo. Dedico casi todo lo que gano a ayudarla y a mantener la maldita casa.

Se pasó la mano por el pelo y se dio cuenta de que estaba temblando.

—Recuperé el contacto con Oliver hace un tiempo. Había estado en Estados Unidos y había conseguido una pequeña fortuna. Me hizo una proposición. Quería comprar propiedades aquí y hacer un campo de golf. Nuestra casa tiene mucho terreno... Así que me propuso que nos casáramos. Yo pondría la casa y el terreno a su nombre y él la mantendría y me daría dinero suficiente para que mi madre pudiese estar bien atendida. Así que decidí aceptar.

Leandro supo que le estaba contando la verdad y se sintió como si le acabasen de quitar un enorme peso de encima. Pensar mal de ella había sido muy doloroso, y se estaba dando cuenta de cuál era el motivo.

—Y entonces fuimos a la isla y no pude resistirme a ti... Leandro —continuó ella— Eras el último hombre de la Tierra con el que debía estar, y eso hizo que tomase la decisión de acostarme contigo. Nunca me había sentido tan atraída por nadie...

Leandro sonrió.

—No es gracioso —murmuró ella, mirándolo mal.

—Lo siento. Continúa. Estabas diciendo que no pudiste resistirte a mí...

—Cuando decidí romper con Oliver lo hice porque sabía que me había enamorado de ti, y no soportaba la idea de casarme con otro. Pero nunca lo hice pensando en tu dinero. Ya me había resignado a hacer lo que pudiese con mi propio sueldo. Sabía que tú solo querías sexo... mientras esperabas a que llegase la mujer de tu vida.

–¿Y por qué no me contaste toda la verdad cuando rompiste el compromiso? –le preguntó él.

–Porque sabía lo que pensarías de mí. Que no tenía moral. ¿Quién iba a sacrificar su vida solo por dinero?

–Pero tú no ibas a sacrificarla por dinero, sino por tu madre. Habría pensado que estabas dispuesta a casarte con un amigo por motivos altruistas. Y también habría visto en ti a la mujer de la que me he enamorado.

Emily lo miró con incredulidad. Se preguntó si había oído bien. La expresión de Leandro era dulce e intensa.

–¿Te he dejado sin habla?

–No sé si he oído bien –dijo ella en un susurro.

–En ese caso, te lo repetiré: te quiero. Te quiero y no me había dado cuenta. No buscaba el amor y por eso pensé que no había llegado. Dios mío, Emily...

Sacudió la cabeza y recordó cómo se había sentido al verla marchar.

–He pensado que iba a volverme loco. Era como si me hubiesen arrancado una parte de mí, aunque he intentado convencerme de que era porque me habías engañado y no lo había visto venir.

Emily alargó las manos por encima de la mesa y tomó las suyas. Entrelazaron los dedos.

–¿De verdad me estás diciendo que me quieres?

–Supongo que a ambos nos ha pillado por sorpresa... –dijo Leandro, levantándose a abrazarla.

–Te quiero, Emily Edison, y quiero saber si me aceptas... para lo bueno y para lo malo...

–¿Me estás pidiendo lo que creo que me estás pidiendo?

–Depende... Te estoy pidiendo que te cases conmigo.

–Y pensarías que quiero tu dinero si te digo que sí.

–Pensaría que no tienes elección y que tienes que dejar que te ayude, porque eso es lo que hacen las personas cuando se quieren.

–Yo...

–¿Sí o no?

Emily sonrió. Sonrió tanto que empezó a dolerle la mandíbula. Entonces lo abrazó con fuerza.

–¡Sí!

–Entonces, tendrás que dejar que te ayude con tu madre, a mantener la casa que es tan importante para ambas...

Se separó un poco de ella y le apartó un mechón de pelo de la cara.

–No sé qué habría hecho si no hubieses vuelto esta noche –admitió–. Habría ido a buscarte, pero estoy seguro de que hubiese tardado mucho tiempo. Y no quiero ni pensar en lo que tú habrías podido hacer mientras tanto... Tal vez reconsiderar la idea de casarte con tu ex...

Leandro sintió náuseas solo de pensarlo.

–Eso nunca –respondió ella, dándole un beso–. No podría volver a estar con ningún otro hombre, después de haber estado contigo...

–Y espero que sea siempre así.

Tomó su mano y se la llevó de la cocina al dormitorio, donde tenía la intención de sellar su amor en la cama.

–Y te lo voy a recordar todos los días... empezando por hoy, mi amor...

Bianca

Tendría que recordar para llegar a comprender la tensión sexual
que había entre ellos...

Tras una larga amnesia, Magenta James, una madre soltera que no llegaba a fin de mes, sintió que su vida volvía a encauzarse al conseguir una buena entrevista de trabajo. Sin embargo, sus esperanzas murieron cuando se encontró con la mirada color zafiro de Andreas Visconti al otro lado del escritorio...

El magnate de los negocios, de origen italiano, era el padre de su hijo, pero al no ser elegida para el puesto supo con certeza que su relación no había terminado bien...

El recuerdo de sus caricias

Elizabeth Power

Acepte 2 de nuestras mejores novelas de amor GRATIS

¡Y reciba un regalo sorpresa!

Oferta especial de tiempo limitado

Rellene el cupón y envíelo a
Harlequin Reader Service®
3010 Walden Ave.
P.O. Box 1867
Buffalo, N.Y. 14240-1867

¡Si! Por favor, envíenme 2 novelas de amor de Harlequin (1 Bianca® y 1 Deseo®) gratis, más el regalo sorpresa. Luego remítanme 4 novelas nuevas todos los meses, las cuales recibiré mucho antes de que aparezcan en librerías, y factúrenme al bajo precio de $3,24 cada una, más $0,25 por envío e impuesto de ventas, si corresponde*. Este es el precio total, y es un ahorro de casi el 20% sobre el precio de portada. ¡Una oferta excelente! Entiendo que el hecho de aceptar estos libros y el regalo no me obliga en forma alguna a la compra de libros adicionales. Y también que puedo devolver cualquier envío y cancelar en cualquier momento. Aún si decido no comprar ningún otro libro de Harlequin, los 2 libros gratis y el regalo sorpresa son míos para siempre.

416 LBN DU7N

Nombre y apellido	(Por favor, letra de molde)

Dirección	Apartamento No.

Ciudad	Estado	Zona postal

Esta oferta se limita a un pedido por hogar y no está disponible para los subscriptores actuales de Deseo® y Bianca®.
*Los términos y precios quedan sujetos a cambios sin aviso previo.
Impuestos de ventas aplican en N.Y.

SPN-03   ©2003 Harlequin Enterprises Limited